O LADRÃO DE JALECO

Editora Appris Ltda.
1.ª Edição - Copyright© 2022 da autora
Direitos de Edição Reservados à Editora Appris Ltda.

Nenhuma parte desta obra poderá ser utilizada indevidamente, sem estar de acordo com a Lei nº 9.610/98. Se incorreções forem encontradas, serão de exclusiva responsabilidade de seus organizadores. Foi realizado o Depósito Legal na Fundação Biblioteca Nacional, de acordo com as Leis nos 10.994, de 14/12/2004, e 12.192, de 14/01/2010.

Catalogação na Fonte
Elaborado por: Josefina A. S. Guedes
Bibliotecária CRB 9/870

	Campos, Maria Anete Veneski
C198l	O ladrão de jaleco / Maria Anete Veneski Campos. - 1. ed. -
2022	Curitiba: Appris, 2022.
	164 p.: il. ; 23 cm.
	ISBN 978-65-250-3418-8
	1. Ficção brasileira. 2. Criminalidade. I. Título.
	CDD – 869.3

Appris editora

Editora e Livraria Appris Ltda.
Av. Manoel Ribas, 2265 – Mercês
Curitiba/PR – CEP: 80810-002
Tel. (41) 3156 - 4731
www.editoraappris.com.br

Printed in Brazil
Impresso no Brasil

Maria Anete Veneski Campos

O LADRÃO DE JALECO

Appris
editora

FICHA TÉCNICA

EDITORIAL	Augusto V. de A. Coelho
	Sara C. de Andrade Coelho
COMITÊ EDITORIAL	Andréa Barbosa Gouveia (UFPR)
	Jacques de Lima Ferreira (UP)
	Marilda Aparecida Behrens (PUCPR)
	Ana El Achkar (UNIVERSO/RJ)
	Conrado Moreira Mendes (PUC-MG)
	Eliete Correia dos Santos (UEPB)
	Fabiano Santos (UERJ/IESP)
	Francinete Fernandes de Sousa (UEPB)
	Francisco Carlos Duarte (PUCPR)
	Francisco de Assis (Fiam-Faam, SP, Brasil)
	Juliana Reichert Assunção Tonelli (UEL)
	Maria Aparecida Barbosa (USP)
	Maria Helena Zamora (PUC-Rio)
	Maria Margarida de Andrade (Umack)
	Roque Ismael da Costa Güllich (UFFS)
	Toni Reis (UFPR)
	Valdomiro de Oliveira (UFPR)
	Valério Brusamolin (IFPR)
SUPERVISOR DA PRODUÇÃO	Renata Cristina Lopes Miccelli
ASSESSORIA EDITORIAL	Manuella Marquetti
REVISÃO	Monalisa Morais Gobetti
	Isabela do Vale Poncio
PRODUÇÃO EDITORIAL	William Rodrigues
DIAGRAMAÇÃO	Yaidiris Torres
ILUSTRAÇÕES E FOTOS	Rafael Veneski de Campos
	Lucas Veneski de Campos
	Maria Anete Veneski Campos
	Avanir Juvenal Campos
CAPA	João Vitor Oliveira dos Anjos
REVISÃO DE PROVA	Bianca Silva Semeguini

Dedicamos este livro à nossa família, que representa o amor em sua magnitude.

A Deus, que nos ilumina e nos abençoa.

AGRADECIMENTOS

Eu agradeço com todo o amor de meu coração aos meus filhos, Lucas e Rafael, por toda inspiração para escrever estas frágeis linhas, demonstrando meu respeito por suas histórias e ilustrações.

Ao meu esposo, Avanir, companheiro incansável e paciente, conferente de meus rabiscos, que sempre acreditou em nossos sonhos, e compartilha conosco cada um deles.

SUMÁRIO

Capítulo 1: No trem 11

Capítulo 2: No jardim 21

Capítulo 3: Atrasado para o assalto 29

Capítulo 4: No mercado 35

Capítulo 5: Tour na cidade de Luxemburgo 39

Capítulo 6: Dia de glória em Luxemburgo 47

Capítulo 7: Escrever e recordar 51

Capítulo 8: De volta às ruas 57

Capítulo 9: Recortes de jornal 61

Capítulo 10: João trabalha honestamente 69

Capítulo 11: Loja de penhores 75

Capítulo 12: No bar 81

Capítulo 13: O sim 87

Capítulo 14: Uma nova vida 93

Capítulo 15: Um dia normal 103

Capítulo 16: Novas descobertas 107

Capítulo 17: Últimos preparativos para a inauguração 113

Capítulo 18: A inauguração 119

Capítulo 19: O diário de João 123

Capítulo 20: Passeio pelo interior 129

Capítulo 21: O dia da dúvida 135

Capítulo 22: Revisando o livro 141

Capítulo 23: Sexta-feira 145

Capítulo 24: Aguardando a chegada do livro 151

Capítulo 25: O dia da publicação do livro de João,
o ex-ladrão 157

NO TREM

CAPÍTULO 1

João vivia uma vida tranquila, lindas amizades em sua infância, e o amor sempre presente de sua mãe, que o criou sozinha, passando por muitas dificuldades financeiras.

Algumas decepções no decorrer de sua vida, levaram-no para caminhos incorretos. Deixou de lado os seus sonhos para cuidar de sua mãe quando ela ficou doente.

Mas após sua morte repentina, embarca em uma nova aventura, e agora está no trem que sai de Paris para Luxemburgo logo cedo.

O relógio marcava 8h da manhã. Sentado, sozinho, em sua poltrona, lia um jornal muito amassado.

O trem era antigo, com janelas sujas de poeira, e tinha cheiro de óleo por todo lado.

As cortinas abertas facilitavam a entrada do sol, que aparecia preguiçoso naquela manhã.

Do lado de fora, os trilhos estavam sendo limpos. A manutenção deixava sempre ervas daninhas afastadas do caminho, e os operários faziam revezamento entre as atividades de carga e descarga de materiais necessários.

Alguns cães perambulavam ao longo do trajeto que o trem fazia, e vendedores ambulantes aglomeravam-se para vender seus produtos, como lembrancinhas da cidade ou pequenos sanduíches para turistas curiosos.

À medida que os passageiros entravam, João olhava por cima do jornal com ar desconfiado, ouvindo cada conversa, pois todos estavam alegres com a partida do trem, e logo voltava a cobrir seu rosto, concentrando-se em sua leitura.

Pessoas abraçavam-se do lado de fora, e sorriam na despedida, despreocupados.

O ar estava fresco naquela manhã, os casacos coloridos enfeitavam aquela pintura, e as pessoas andavam para todo lado procurando seus assentos.

Uma vez ou outra rabiscava um desenho, e escrevia em seu diário, um caderno velho, com capa amarelada, que foi presente de sua mãe na infância, no qual havia várias histórias de sua vida, contadas com detalhes, para não se esquecer, e ainda fazia ilustrações perfeitas.

Era seu dom. Uma linda maneira de guardar memórias.

Mergulhado em seus pensamentos, refletindo sobre suas novas aspirações a respeito de sua vida.

Olhou para baixo, percebeu que estava com os sapatos sujos de lama, porque na noite anterior, antes de embarcar, choveu muito, o que deixou enormes poças de lama por todo o caminho de sua casa até a estação.

No trajeto, ainda vestindo de maneira muito atrapalhada seu jaleco, e procurando pelo bilhete da passagem nos bolsos, misturava-se à multidão.

Carregava seus poucos pertences em uma mala marrom.

Quando todos estavam confortáveis em seus assentos, o trem finalmente partiu.

Um grande silêncio era revezado por cochichos, e alguns telefones tocavam.

Com o trem em movimento, de vez em quando, olhava pela janela, via como estava linda a paisagem, e o sol apontava no horizonte.

Algumas árvores altas pelo campo muito verde, com plantações imensas, e casas antigas bem pitorescas, com telhados escuros e longos.

Carros paravam na sinaleira para o trem passar, e o apito do trem soava alto.

Crianças carregando seus brinquedos corriam agitadas nas ruas onde acenavam para os passageiros.

Depois de passar, o maquinista olhava o relógio para conferir o horário, verificando se estava dentro o itinerário.

João viu ao longe uma estrada muito longa, onde corriam alguns cachorros, e lembrou-se que, quando criança, no seu oitavo aniversário, ganhou um cachorro pequeno, depois de muita resistência por parte de sua mãe. O cachorro não tinha uma raça definida, era branco como a neve, tinha olhos pretos, e uma mancha em torno do olho esquerdo. Foi paixão à primeira vista, e tornaram-se amigos inseparáveis por muito tempo.

Quando sua mãe o trouxe, envolvido em seu xale azul, e mostrou para ele a surpresa, fez seus olhos ficarem arregalados, e acariciou-o devagar nas orelhas.

— Pegue-o — disse sua mãe, Ana.

João sorriu, e segurou apertando o cachorro com carinho.

— Ele será seu amigo, cuide bem dele! É sua responsabilidade alimentá-lo e dar banho.

— Sim, mamãe, pode deixar. Obrigado.

Seu nome era Faísca, porque era muito rápido, tanto para brincar, quanto para comer.

Por muitos anos, eles alimentaram uma linda amizade.

Dormiam juntos, acordavam e compartilhavam a comida.

Um dia seu cachorro, amigo, foi atropelado na rua, e um vazio tomou conta de João, ele não tinha se preparado para perdê-lo tão cedo, ficou desolado e solitário para brincar e dormir. João teve pesadelos à noite por algum tempo, até acostumar-se sem ele.

João mergulhava em sua imaginação, escrevia por horas seguidas, desenhou seu amigo de diversas formas, até que foi o esquecendo, e seguindo em frente.

Agora estava ali, naquele trem, quase sem opções, desejando seguir em frente. Já que as perdas faziam parte de sua vida.

Olhando para fora da janela, conseguia sentir o início da estação do outono com toda sua magnitude, na qual as folhas das árvores tinham um alaranjado desbotado, caíam com o vento, contrastando as cores em uma mistura na campina ensolarada, uma vez ou outra, pincelada com sombras das nuvens em sua grama.

Conseguia ver um chalé simples, de construção antiga, com telhas marrom-escuras naquela pintura natural.

Em seus pensamentos, muitas lembranças de sua infância o faziam suar as suas mãos, em uma ansiedade que tirava a sua tranquilidade.

Lembrava que passou uma infância difícil, sua mãe, Ana, criara-o com dificuldades, perdendo noites de sono, horas de puro sofrimento lavando roupas para fora, ou limpando casas por poucos trocados, para manter o filho e dar-lhe uma boa educação.

Sempre dedicada, não media esforços para acompanhar cada progresso que João fazia na escola, ouvia com atenção suas histórias fantasiosas, ricas em detalhes, com desenhos muito bem caracterizados.

João tinha um dom em desenhar rostos, o que lhe rendia uns bons trocados com a venda, e assim ajudava com as despesas em casa. E quando ele desenhava, entregava-se à imaginação, fazia contornos perfeitos, com exatidão, fotos em preto e branco.

O orgulho que sua mãe sentia pela boa educação que seu filho tinha para com as pessoas, principalmente com os mais velhos, e sua solicitude em ajudar aqueles que realmente precisavam, deixava-a extasiada, com um grande sorriso nos lábios, e todo seu esforço de mãe valia a pena, pensava ela.

Mas como tudo nesta vida tem uma vírgula em cada história que se conta, na vida de João não foi diferente.

Aos 10 anos praticou seu primeiro furto, um relógio, seu coração batia forte, e tinha suas mãos trêmulas. Seus estudos quase não existiram, fora ensinado mais em casa que na escola, pois passava todo tempo livre na rua com pessoas de má índole, fazendo pequenos furtos, que o arrastaram para desventuras das quais ainda não tinha qualquer arrependimento.

Já eram quase 10h da manhã, quando pediu café e um *croissant*. Sentia no ar o clima caseiro do vagão antigo, o estofado do assento muito confortável. João reclinou-se e relaxou enquanto o trem seguia seu curso, ao seu redor, as pessoas estavam tranquilas com seus pacotes e caixas.

Ouvia o tilintar dos sinos do trem ao longe quando passava pelas pequenas cidades, que ecoava em todas as direções. Os passageiros falavam muito alto, agora que o trem se aproximava do seu destino final.

— Bilhetes, por favor! — Gritava o bilheteiro, com o bigode espesso e seu semblante carrancudo. Olhava cada rosto, sem descuidar das mãos que apresentavam os bilhetes, conferindo e carimbando. Vez ou outra dava uma olhada no relógio, que trazia no bolso do uniforme muito velho, no qual seu nome estava gravado logo acima do peito em letras pequenas: "Jeff".

Dava passadas pesadas e rápidas pelos corredores, concentrado em seu ofício, porque havia muitas pessoas para fazer a conferência dos bilhetes.

João nem acreditava em todo trajeto de vida que passava, em estar quase chegando a Luxemburgo.

Seus desejos de uma vida nova o deixavam muito feliz.

Ouvira dizer que a arquitetura da cidade de Luxemburgo era bem medieval, seus castelos, contrastando com o contemporâneo, suas novas edificações. As praças pequenas e charmosas, com pessoas lendo seus livros no horário do almoço e nos parques espalhados pela cidade, pessoas dançando e tocando violino por umas moedas, já outras pessoas pintando telas com os dedos, desperdiçando seu talento por centavos.

Milhões de ideias se misturavam em sua mente, quando recordou seu verdadeiro propósito na cidade.

Depois do falecimento repentino de sua mãe, tudo estava tão cinza, que João queria uma vida nova.

Refletiu diversas vezes se ficaria na cidade e levaria uma vida simples, escrevendo suas histórias, ou voltaria para faculdade, que era um sonho antigo dele e de sua mãe.

Lembrou que em algumas noites atrás, saiu para tomar um drinque, e no bar, encontrou alguns amigos.

Durante a conversa, João contou sobre sua atual situação, que sua mãe tinha falecido, sua única família, e agora se via sozinho, sem esperanças, sem trabalho.

Então Chuck e Brad lhe fizeram um convite para um trabalho no dia seguinte em Luxemburgo.

Já tinham tudo planejado há meses, um assalto ao banco, e precisavam de mais uma pessoa para ficar de vigia.

João relutou em aceitar, mas aceitou, diante das dificuldades que passava, desejava ter dinheiro para recomeçar em uma nova cidade.

Sonhava com uma casinha no campo para constituir uma família, tendo em vista que sua idade estava se aproximando dos 40 anos, já com alguns cabelos brancos. Seguir um novo rumo em sua vida, talvez escrever seus livros...

Lembrou de sua namorada, Elisa, que conheceu na faculdade.

Pegou o velho caderno, no qual estavam as poesias que escrevia para ela, quando eram namorados, e leu, suspirando.

Olhou mais uma vez para aquele lindo céu, buscando os pequenos raios do sol, deixando para trás a velha Paris.

Eram tantos os dilemas, não tinha muita coisa planejada, mas estaria dando o primeiro passo logo, e tudo ficaria bem, ele pensava.

Enquanto isso, o trem chegava a seu destino final.

Tchchch... O trem parava na estação.

Os passageiros apressam-se em sair, pegam suas malas e caixas, alguns se despedem, outros ignoram os avisos do bilheteiro.

João, como um bom ladrão, na saída, descendo as escadas do trem, rouba uma carteira, pensando que teria garantido assim a primeira estadia em algum hotel barato de Luxemburgo.

Quando se viu seguro, foi conferir o que tinha na carteira, teve uma surpresa, continha somente documentos e um punhado de moedas.

Decepcionado, pegou as moedas e deixou a carteira em um banco da estação rapidamente, para não ser visto.

Foi andando na multidão, um tanto desolado, com a barriga vazia, e a cabeça cheia de pensamentos e sonhos.

Carregando sua mala marrom, ele não tinha muito do que se orgulhar dele mesmo, já que os anos se passavam, e nada de novo aparecia, até então.

Novas descobertas com certeza viriam, e aventuras diferentes das que estava acostumado.

Apesar de estar sozinho ali, sonhava em retornar com o dinheiro suficiente para realizar alguns sonhos antigos.

Verificou seus bolsos e encontrou uma caneta e papel para registrar algumas imagens que conseguia captar naquela nova visão ali na estação.

Desenhou alguns rostos que passavam apressadamente, outros de crianças sentadas em bancos, tomando sorvete.

Mas o que lhe chamou a atenção foi a limpeza da cidade, e as árvores que rodeavam todo o lugar. Era uma sensação diferente, tinha cheiro de recomeço.

NO JARDIM

CAPÍTULO 2

C hegando à cidade de Luxemburgo, João, aos poucos, deixa para trás toda mágoa de Paris.

Planeja esquecer da tristeza de perder a companhia de sua doce mãe, e seguir em frente com seus sonhos.

Andou um pouco para conhecer ao redor, aquela nova cidade, seus personagens desconhecidos, que traziam tanta diversidade.

Seus amigos e infortúnios ficaram somente nas lembranças.

Por um instante, olhando toda aquela cultura diferente, pessoas de todas as nações que iam e vinham apressadas, em meio aos cheiros das refeições da hora do almoço, lembrou que seu dinheiro era pouco, porque à noite precisaria de um destes hotéis baratos para ficar.

Andando pelas calçadas, havia fileiras de árvores por todos os lados, calçadas limpas, rodeadas de flores e muito verde.

O ar era fresco, com um toque amadeirado e leve, bem ao contrário de Paris, cheia de carros, poluição e lixo nas ruas.

Avistou um irrigador de grama que balançava fazendo um ruído estranho, molhando algumas flores quase secas.

Ao longe, uma moça alta em uma bicicleta, com um adereço de cesta na frente, carregava muitas pizzas gritando:

— Tenho pizza de pepperoni, calabresa, queijo e vegana!

Um caminhão de sorvete cercado de crianças barulhentas que balançavam suas notas de dinheiro no ar, ansiosas por uma iguaria gelada, faziam uma fila grande, que quase chegava ao fim do quarteirão.

Havia ainda várias famílias que faziam piquenique e churrasco ao ar livre, levantando uma fumaça que subia ao longe sob os telhados.

Avistou um carrinho de cachorro-quente, e o cheiro já o deixou estonteado, passou a mão pelos bolsos, encontrando pouco dinheiro.

Chegando próximo, pediu ao vendedor um hot dog, com tudo que tinha direito e um refresco.

Aguardou com ansiedade o preparo, segurando as moedas, contando uma a uma, e entregou ao vendedor.

Em seguida saboreou cada mordida, levando poucos minutos para devorar seu hot dog, ficando satisfeito.

Sentou-se em um banco para olhar as mensagens em seu telefone celular, imaginando que a essa altura seus amigos já estavam na cidade, onde iriam marcar um ponto de encontro para planejar o ousado assalto ao banco.

Havia algumas chamadas perdidas, e João viu que seu telefone estava no silencioso, verificando cada uma, pensou em ligar, olhou o seu relógio, e resolveu aguardar mais um pouco, quem sabe logo Chuk o chamaria.

Risadas e cochichos vinham de todos os lados, as pessoas divertiam-se, comendo e bebendo, desinteressadas em um dia normal em suas vidas, e João, um recém-chegado ali naquele paraíso, relaxava após seu lanche, esperando instruções.

Enquanto ficava sentado ali, em meio ao jardim, um casal dançava tango, coisa rara naquela cidade.

Lembrou então que adorava dançar, e quando saía nas noites procurando boates com boa música.

Por vezes, trabalhou em pequenos bares à noite, servindo bebidas, limpando os banheiros, atendendo à porta, recebendo mercadorias e fazendo a conferência, conseguindo dinheiro para os remédios que comprava todo mês para sua mãe.

Eram tempos difíceis aqueles, saía animado para roubar, mas inúmeras vezes não conseguia quase nada.

Os becos eram cada vez menos frequentados, e as pessoas estavam preparadas para esbarrões, carregando suas bolsas com cuidado, já prevendo assaltos nesses locais.

Na maioria das vezes, no bar, pedia um drinque e sentava, olhando ao seu redor, observando o movimento das pessoas, procurando possíveis vítimas desavisadas.

Sua habilidade em pequenos roubos era mesmo incrível. Uma vez, ao embalo de uma valsa, João convidou uma moça para dançar, e dando uma volta, tirou seu colar do pescoço com um simples toque, e em seguida, ao fim da música, resvalou a mão no bolso de um rapaz, levando uma carteira bem recheada de dinheiro consigo.

O salão estava cheio, e a distração das pessoas que andavam para lá e para cá facilitava muito sua ousadia.

Na maioria das vezes não tinha que fazer muito esforço para roubar, era só observar, e em seguida levar os artigos que desejava.

Amava dançar, e isso lhe ajudava em tudo.

João era um rapaz quase de meia-idade, alto, que chamava a atenção de moças, mas seu temperamento dócil se misturava com uma falta de caráter, mesmo sendo uma pessoa reservada e bem-educada.

O resultado dos pequenos assaltos não era muito, mas era assim que ele vivia, só isso que sabia fazer, e, às vezes, escrevia em um pequeno caderno histórias de seus feitos ou invencionices... E pagava o aluguel e remédios que sua mãe precisava. Seu nome era Ana. Uma mulher forte que o criou com todo amor possível, até descobrir um câncer na cabeça. João dedicou-se durante todo o tempo que ela precisou, com dedicação que um bom filho amado teria.

Em seus últimos dias, sua mãe mal saía da cama, permanecia muito pálida e fraca.

Mas eles conversavam muito, eram quase confidentes, pois a mãe desconhecia os pequenos trabalhos que João fazia.

Ele sabia com certeza que ao saber, ela, sua mãe, ficaria desolada, então ocultava essa verdade.

Era realmente difícil viver ao lado de sua mãe mentindo quase o tempo todo, sem poder olhar nos olhos, e falar tudo o que estava engasgado, louco em seus pensamentos, com certeza uma situação embaraçosa, mas na visão dele, necessária.

O fim não tardou a chegar, e João, sozinho, após a morte de sua mãe repentinamente, desolado, sem forças para continuar em Paris, aceitou aquele horrível convite para o assalto em Luxemburgo. Então juntou suas poucas coisas em uma mala, e saiu para essa aventura.

Levou a mão ao bolso e encontrou o bilhete muito amassado que Chuck e Brad deram a ele no bar.

Tudo era novo para ele agora, e o desejo de acertar sua vida era enorme, mal dormiria de ansiedade nesta noite.

Aguardava instruções precisas para não cometer erros, pois se ficaria em Luxemburgo, tudo deveria dar certo no dia seguinte.

Olhou bem o número que Chuk lhe deu aquela noite no bar em Paris.

Somente os três dariam conta desse evento, nada poderia sair errado.

Foram meses calculando tudo.

E com certeza contavam um com o outro para realizar essa ação com perfeita rapidez e destreza.

Logo o telefone tocou. Eram seus amigos confirmando o "trabalho" do dia seguinte.

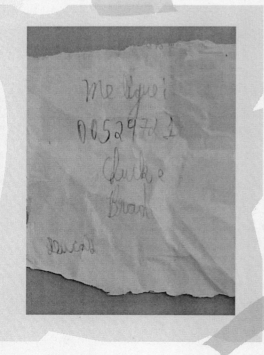

— Tudo certo então? — Perguntou João.

— Sim! — Respondeu Chuck. — Descanse. Nos encontramos amanhã, no horário combinado, não se atrase.

— Okay — finalizou João.

Levantando-se, caminhou em direção a um pequeno e charmoso hotel, no fim da rua, onde passaria a noite.

Pagou por uma noite de hospedagem, já que tinha outros planos depois do assalto.

Um silêncio tomava conta do lugar.

Tropeçou na cama, cambaleava um pouco para os lados, até que conseguiu sentar.

Cobriu os pés gelados por alguns minutos.

Tomou um banho demorado e relaxante, vestindo depois seu velho pijama, e calçou os chinelos, conseguindo sentir-se à vontade naquele lugar diferente.

A noite estava silenciosa e fria, as horas não passavam, arrastavam-se.

A solidão abraçava-o com força.

Leu algumas poesias de seu caderno, desenhando corações, lembrando de Elisa.

O romance acabou, na época, porque João não queria assumir um compromisso sério, queria escrever, viajar o mundo.

Ela casou-se mais tarde com um banqueiro na cidade, e era professora de literatura na faculdade que frequentaram.

Nem ele mesmo se reconhecia quando as lembranças ruins de sua vida teimavam em voltar.

Por que ele ainda agia daquela forma?

O que viria em seguida? Mais furtos?

As perguntas para sua consciência o deixavam desnorteado. Mas aos poucos conseguiu colocar os pensamentos em ordem e relaxar.

Deitou, e logo dormiu.

ATRASADO
PARA
O ASSALTO

CAPÍTULO 3

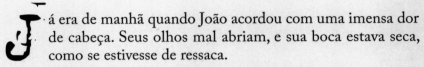

Já era de manhã quando João acordou com uma imensa dor de cabeça. Seus olhos mal abriam, e sua boca estava seca, como se estivesse de ressaca.

Estava muito cansado. Cambaleava para os lados.

Olhou ao seu redor, e viu onde estava, naquele pequeno hotel, com as cortinas rasgadas nas janelas empoeiradas.

Um filete de luz clareava o canto do quarto.

O aroma de café pairava no ar, e aos poucos ele dava passos em direção ao banheiro.

A arrumação da mala ainda era inexistente, e procurava objetos com muita lentidão para arrumar-se naquela manhã.

Procurou algumas coisas na mala, e dobrou algumas peças de roupas que estavam bem bagunçadas.

Encontrou seu tabuleiro de xadrez, que costumava jogar com seus amigos quando criança, e de vez em quando com sua mãe, Ana, a professora particular que lhe ensinou todas as maneiras de jogar, tendo toda paciência e amor.

Guardou com cuidado o pouco de dinheiro que tinha ali consigo, pois no banco já há alguns anos tinham uma reserva, mas usou uma parte para dar a sua mãe um funeral digno, deixando o restante para uma eventual emergência que aparecesse no futuro.

Olhando lá fora, o céu parecia cinza, coberto por espessas nuvens que preenchiam toda a sua extensão. Chovia um pouco, deixando o ar frio, e a rua cheirava poeira molhada.

Os pingos da chuva salteavam nas janelas com força, ficando encharcado da cabeça aos pés quando saísse na chuva.

E em um sobressalto, viu que o relógio estava com o horário errado.

Então percebeu o quanto se atrasou para o assalto ao banco. Tentou se arrumar o mais rápido que conseguiu, olhou o celular, e havia várias ligações perdidas de Chuck.

— João, já estamos te esperando, cara! Cadê você?

Ele nem ousou responder às mensagens. Não conseguia pensar direito.

Saiu correndo, tentando se localizar nas ruas.

Como ainda não conhecia direito a cidade, rodou pelas ruas, correu feito um doido, e nada de encontrar o endereço correto.

Viu vários prédios parecidos, e outro, e outro, mas não conseguia encontrar aquele que queria.

Já estava desistindo, quando entrou em um beco meio escuro e avistou Chuck e Brad saindo algemados do banco.

A polícia tinha chegado para atender a ocorrência. Com o susto, nem conseguia se mexer. Encostou na parede e ficou observando tudo de longe.

Um carro ficou bem na frente do banco, e alguns policiais cercavam o restante do perímetro.

Não poderia jamais imaginar que um relógio atrasado fosse salvar sua vida! "Que loucura!", pensou ele.

— Agora nem sei o que fazer!

De repente, surge na outra esquina mais uma viatura com policiais fortemente armados, com muita vontade de encerrar aquela ação.

Algumas notas do dinheiro voavam no ar com aquela correria toda, saindo das bolsas quando foram jogadas ao chão.

Não demorou muito para tudo se encerrar, e nada do que foi planejado aconteceu.

Aquela cena extinguiu ali os sonhos de iniciar uma nova vida em Luxemburgo, e agora João só queria sair dali o mais rápido possível.

João, muito assustado, saiu em direção ao mesmo beco escuro, correndo em um ritmo só, com o seu coração acelerado.

Depois de um tempo, olhou para trás, para ver se estava tudo bem, e começou a dar passos mais curtos, respirando profundamente.

Seu coração palpitava muito rápido, e aos poucos foi sumindo daquela cena apavorante.

Ele com certeza poderia ter se arriscado pelo grupo, mas preferiu fugir. Não sabia o que poderia acontecer com ele, já que ninguém sabia que ele participaria daquela ação.

Descendo algumas escadas que davam para outra quadra, já conseguia ver alguns carros e pessoas andando normalmente, com suas sacolas de compras para todo lado.

Muito suado daquela correria, sua boca estava seca, e sem café da manhã, seus olhos percorriam as lojas em busca de algo para comer.

Os restaurantes e cafés abarrotados de turistas e clientes habituais com certeza não estavam em seus planos, mesmo ficando em meio a tantas pessoas, o que facilitaria se precisasse esconder-se, preferiu andar mais um pouco e procurar um lugar mais tranquilo onde pudesse comprar algo para comer.

Tentou esconder seu rosto, abaixando a cabeça, e puxando seus cabelos para cobrir a testa. Olhando para as pessoas que passavam, como se elas pudessem o reconhecer em algum momento.

Mas a razão logo o fez lembrar que ninguém tinha visto ele por ali, perto do banco, então deu um sorriso sem graça, e olhou para cima, buscando um alívio interior.

Um crescente ardor tomou conta de seu peito naquele instante, e João caiu em si, lembrando que era um homem de muitas convicções, tinha realmente dificuldades em tomar decisões, e relaxar o ajudava a pensar direito.

Então apenas seguiu, caminhando escada abaixo.

NO MERCADO

CAPÍTULO 4

Ainda muito assustado por escapar daquela situação, João entrou em um pequeno mercado logo ao fim do beco.

As prateleiras altas e sujas acomodavam brinquedos sem embalagens, que pareciam ser feitos de maneira artesanal, junto com sanduíches de ovos e queijo que deixavam um aroma enjoado no ar.

A funcionária do estabelecimento deu-lhe um sorriso amarelo, com olhos grandes e azuis escondidos em cachos de cabelo muito desgrenhados. Em seu crachá seu nome preso com um alfinete amassado: "Lucy".

Sentada ali, ela não tinha muito contato com pessoas pelo que parecia, somente olhava as compras, e cobrava, embalava os produtos em uma sacola de papel, para João levar, e o agradecia.

— Posso ajudar? — Perguntou ela.

João balançou a cabeça indicando que não.

— Temos sanduíches e bebidas geladas.

Vendo que João não respondia, ela continuou lendo uma revista de maneira muito interessada.

"Tudo estava acabado enfim", pensou João consigo.

— Que terrível acabar assim... — sussurrou.

— Tem certeza de que está bem? — Insistiu a moça.

João só balançou a cabeça afirmando que sim, mas nem ele sabia se realmente estava bem.

Esta cena jamais sairia de sua mente.

O medo que passou, mesmo sabendo que ninguém sabia que ele participaria do assalto, aterrorizava-o.

No rádio, a todo momento, ouvia-se a notícia da tentativa frustrada do assalto ao banco.

Pegou uma garrafa pequena de água, que resvalou de sua mão e caiu no chão, abaixou para pegá-la. Pela porta que rangia, entrou uma mulher, ela vestia calças jeans, blusa vermelha e jaqueta preta, e andava pelo corredor do mercado muito rapidamente, apanhou alguns pacotes, pagou as compras, e saiu sem olhar.

João resolveu respirar fundo, ir até o balcão, apontou um pacote de sanduíches de ovos atrás da moça, pagou pela compra e foi embora dali, olhando para todo lado, receoso.

No caminho para o hotel, dava passos rápidos, seu jaleco esvoaçava no vento, o tilintar de suas chaves se misturavam com algumas moedas nos bolsos.

Ele misturava-se em pequenos grupos, temendo ser parado em algum momento.

Pensava na sorte de escapar daquele assalto malsucedido, e só queria se afastar, e pensar no que fazer agora.

Bendito relógio atrasado, que mudou todo o rumo naquela manhã.

Caminhou mais calmamente até o hotel, e pediu toalhas limpas para um banho demorado, e alguma bebida com álcool para acalmar os ânimos.

Depois de um banho demorado e uma garrafa de uísque, comeu o sanduíche bem devagar, e permaneceu o dia todo no quarto, refletindo.

TOUR NA CIDADE DE LUXEMBURGO

CAPÍTULO 3

No dia seguinte, João acordou, sentou-se na cama, torceu o pescoço de um lado para outro, esticou os braços e olhou ao redor do quarto, afastando as cobertas. Estava um pouco desorientado.

Toda trajetória de uma vida tinha mudado.

Os planos já não existiam mais.

Tudo o que ele tinha, lembranças, bens e sonhos cabiam em uma mala velha.

Suspirou muito ao lembrar de sua infância sem o pai para orientá-lo no caminho correto, e a falta que ele fez em cada decisão errada que fizera.

Seria diferente se, por acaso, tivesse conhecido ele?

Teria uma carreira bem-sucedida?

Sua mãe estaria ainda ali?

Tantas perguntas, terríveis verdades o consumiam.

João precisava sair, olhar a cidade. Descontrair.

Ficou ainda um pouco sentado, espreguiçando-se. Passou as mãos pelos cabelos, e decidiu que iria sair pela cidade.

Queria ver o que fazer a partir dali.

Onde ficaria morando por algum tempo.

Foi até a janela, olhou muito aquela vista maravilhosa.

Tinha uma padaria logo em frente ao hotel, com mesas abarrotadas de turistas.

O cheiro do café logo abriu seu apetite.

No fim da rua, havia uma construção, com um entra e sai de caminhões barulhentos.

Algumas cenas na rua eram para ele muito familiares. Lembravam muito a velha Paris, com seus cafés e restaurantes caros.

As pessoas, andando rápido, pareciam estar sempre atrasadas para alguma coisa.

Mas ali em Luxemburgo, o movimento ao redor era calmo, os carros respeitavam o tráfego, não havia tanta loucura, mas uma tranquilidade reconfortante.

João gostou daquela ilustração, então passou a mão em seu caderno velho, e desenhou demoradamente, sem deixar nenhum detalhe escapar, relatando em poucas linhas o início de sua nova vida.

Começou a se vestir, e planejou fazer um tour pela bela cidade, para tentar conseguir dinheiro, e manter-se, já que seus antigos sonhos tinham sido pausados no dia anterior.

Saindo do hotel, andava de cabeça baixa, atravessou a rua, e foi tomar o café da manhã.

Era sábado, e a cidade estava mais tranquila, pois nos fins de semana em Luxemburgo, o comércio funciona com poucas lojas e mercados até o horário de meio-dia, e João não gostou em saber que não havia shoppings.

Mas o dia estava ensolarado, sem vento. O céu tinha um azul-anil estonteante, com pássaros o cruzando lindamente. Respirou fundo, aliviado e feliz.

Subiu em um transporte público que passava ali na rua.

Olhando ao redor, via restaurantes pequenos, sendo alguns antigos, outros mais modernos, tipo japonês. Algumas lojas com artigos artesanais.

Ao descer do transporte, procurava pessoas distraídas, queria logo encher os bolsos de seu jaleco.

De repente, deparou-se com um lindo parque.

Por toda parte, pessoas surgiam muito felizes, falando em outros idiomas, fazendo piquenique, exercitando-se.

Eram muitos rostos, crianças, adultos, animais.

Uma nova visão para João, uma cidade linda, com um ar pitoresco, com construções antigas, algumas modernas e coloridas.

O cheiro de comida abriu-lhe o apetite logo que chegou.

Por onde olhava, havia cestas cheias de guloseimas, barracas com lanches e frutas frescas.

As famílias reuniam-se para conversar ao ar livre.

Muitas bolsas ficavam ali desassistidas, e qualquer um poderia passar por ali e levar.

Ele gostou muito de saber que as mulheres carregavam colares em seus passeios.

Os cães eram aparentemente dóceis, e já se imaginava ali, enchendo os bolsos, colocando em prática toda sua experiência como ladrão.

Pessoas fazendo sua caminhada, sorridentes, despreocupadas.

O ar estava fresco em meio a tanta beleza natural.

Como ficar em um lugar tão bom, sendo uma pessoa, ao seu entender, má?

Queria ser diferente, escrever seus livros, desenhar, andar normalmente pelas ruas de cabeça erguida.

Tantos pensamentos assombravam aquele dia perfeito.

Muitas árvores, crianças falando alto, jogando bola, com seus gritinhos atrás dos amigos, uns com seus cães passeando, andando de bicicleta.

Uma calma que há algum tempo ele desconhecia.

Ficou muito entusiasmado, e queria logo encontrar uma maneira de fazer algum dinheiro. Aquelas pessoas desconhecidas eram alvos fáceis para ele.

Andou mais um pouco, tomou um sorvete, sentado em um banco do parque, e avistando um casal muito romântico, puxou seu caderno de anotações do bolso, e começou a desenhá-los em meio a um coração.

E ficou ali... Só aproveitando o dia... Sem pressa.
Logo a noite chegou, e mais um dia que se acabava.

DIA DE GLORIA EM LUXEMBURGO

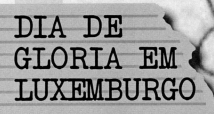

CAPÍTULO 6

No dia seguinte, João descobriu alguns pontos na cidade, cheios de turistas desavisados, que ficavam ali tirando fotos, conversando, e que o índice de roubos era quase nulo por ali.

Pensou em passar pelo elevador panorâmico Pfaffenthal, uma atração pública na cidade de Luxemburgo, que conecta os bairros da cidade de Ville Haute, o centro histórico da cidade, com Pfaffenthal, no vale do rio Alzette.

Lá de cima a vista era estonteante. Dava pra ver imensas árvores, rodeadas de prédios, casas antigas, e as pessoas lá embaixo ficavam minúsculas, já que tinha quase 60 metros de altura.

Quase dava para tocar o céu lá de cima. O ar era fresco e tranquilo.

Alguns aviões passavam tranquilamente. Riscando aquela cortina celestial.

Era maravilhosa aquela vista, com toda sua natureza exuberante.

A impressão que se tinha, quando se caminhava ao longo do corredor, era que o chão tremia, dando um frio na barriga.

Para descer pelo elevador, era muito rápido, e dava para uma rua com pouco movimento.

Então logo veio a sua mente uma ideia.

O vai e vem dos turistas deixou João pensativo. Imaginou ficar por ali, abordar as pessoas e oferecer-se fazer desenhos da paisagem, como uma foto ou postal desenhado a lápis.

Pegou em sua bolsa algumas folhas de papel, e começou a desenhar.

Logo uma pessoa viu que João ficava ali, rabiscando, e perguntou se desenharia sua família.

Mais que depressa, ele iniciou o trabalho, fazendo um lindo desenho, com riqueza de detalhes.

Enfim, seu pensamento deu certo, começou a encher os bolsos do seu jaleco com carteiras, relógios e colares, pois as pessoas ficavam admiradas com a paisagem, esquecendo de seus pertences.

Fazia de conta que trabalhava desenhando rostos ali das pessoas olhando aquela paisagem em troca de algumas moedas, e sem nem perceber, elas ficavam sem um centavo na saída.

Havia ainda com ele um cachorro que rosnava quando o via, ficava ali sentado durante horas esperando um pedacinho de comida, desaprovando aquela atitude horrível de roubar, mas um fazia companhia para o outro durante o dia.

Sentados, pareciam velhos amigos, e encantavam os turistas, que pediam para tirar fotos com o cachorro.

João sempre saía ao ver uma câmera, desconfiado.

Conversava com o cão, que olhava fixo para ele.

— Sei que me desaprova, amiguinho, mas não queira saber de minha história. Ao contrário de você, ninguém me daria comida, e tenho de sobreviver nesta cidade que é estranha para mim!

Recebia gorjetas boas, e mantinha-se de maneira confortável, sem muito desperdício de dinheiro.

Já tinham ficado quase amigos, e dividiam um lanche vez ou outra.

No fim do dia, cansado de andar, voltou ao seu quarto para contabilizar o quanto tinha roubado naquele dia, e ficou satisfeito.

Guardou em sua mala todo o dinheiro, planejando voltar lá no dia seguinte.

ESCREVER E RECORDAR

CAPÍTULO 7

Era um dia ensolarado, e João acordou tarde. O relógio, no qual ele atualizou as horas, já marcava 10h da manhã de uma segunda-feira.

Como já de costume, dirigiu-se até a janela, para se deliciar com a vista que tinha. Seus olhos brilhavam toda vez, já estava apaixonado naquela visão matinal.

Vestiu-se sem pressa, não esquecendo o jaleco. Seu velho companheiro, peça indispensável de seu figurino. Quando o colocava, pensava nele como um amuleto, e recordava com muito carinho de sua amada e zelosa mãe, Ana. Ela dera-o de presente para ele, quando no passado ele entrou para a faculdade, e sua mãe conhecia bem as habilidades que João tinha de desenhar e escrever suas histórias cheias de detalhes.

Pensava em como seria bom ter um professor ou escritor em sua família, enchia-se de orgulho em revelar aos conhecidos as façanhas do filho, e conseguiu junto a uns amigos, uma bolsa de estudos para ele.

Para Ana, seu filho era o melhor, ele destacava-se entre os alunos, suas poesias eram inspiradoras, e seus desenhos perfeitos. O sonho de toda mãe, que seu filho esteja feliz e realizado. Não media esforços para ter sempre papéis e lápis para suas inspirações que vinham sem horário, de dia, na rua, em qualquer lugar que fosse.

Um talento, sem dúvidas, desde pequeno fora assim.

Mas por força do destino ou algo assim, ela não sabia que além de ter habilidades com a escrita, João também andava pelas ruas de Paris, tirando bens de pessoas inocentes. Era a maneira de ele ajudar em casa, não conhecia outra, e ainda mentia para ela que vendia alguns desenhos que fazia.

Aos poucos foi deixando de ir às aulas da faculdade, mas saía vestido com o jaleco, para sua mãe não desconfiar que não mais frequentava a faculdade.

Foi assim até que sua inocente mãe caiu doente, e enfim tinha uma desculpa plausível para dizer que tinha deixado a faculdade. Ela com certeza acreditou.

João cuidou de sua mãe com todo amor, como um bom filho faria, pelo agradecimento e reconhecimento por tudo o que ela tinha feito por ele uma vida toda.

Durante o dia, ele saía para pequenos assaltos, ou bater carteiras, às vezes, quando a conta dos remédios que Ana precisava aumentava, ele também saía à noite.

João escrevia cada vez menos, sem inspiração, nem tempo.

Com seu caderno amarelado, tinha muitas ilustrações, fotos da infância pendurados por fita, eram de sua mãe, é claro, de lugares que sonhava conhecer.

— Como você faz falta, minha mãe! — Suspirou ele.

— Queria tanto você aqui comigo hoje, para ver esta cidade maravilhosa, e tomar um café enquanto desenho sua imagem...

Lembrou então que era o aniversário de sua mãe, e que comprava um bolo para ela, acendia somente uma vela, sem revelar a idade, ela odiava sentir-se velha, dizia ser segredo.

A grande tristeza de João é que nunca conseguiu juntar dinheiro suficiente para dar um bom presente para ela.

Queria recompensá-la de alguma forma, demonstrar seu amor e afeto, repetir mil vezes o quanto a amava, e o quanto era importante em sua vida.

Aparecia um ou outro imprevisto, e ele acabava por gastar mais do que ganhava para sustentar os dois.

Eram tempos difíceis.

Agora, desolado, triste, não sabia mais o que fazer, saiu para caminhar sozinho.

Passou em uma longa escada que dava para um parque da cidade, desenhou um pouco, em meio a muito verde das árvores e plantas que cercavam todo o lugar, escrevendo uma breve história de sua visita a Luxemburgo, como se estivesse contando a sua mãe sobre sua vida atual, ocultando o lado sombrio de seus atos.

Fez uma ilustração rica em detalhes.

Desenhou o céu, e os pássaros que voavam por todo lado.

Muitas recordações dos amigos de infância, das brincadeiras no parquinho, fazendo castelo de areia, tomando sorvete e jogando bola na rua até sua mãe gritar, brava, para que entrasse para o jantar.

Trouxe consigo o velho caderno de receitas dela, repleto de deliciosos pratos, regados com amor e muita história.

Já conseguia imaginar-se em uma casa pequeninha afastada da loucura da cidade, cercada do verde das árvores, com ar puro das montanhas, que com certeza teriam cachoeiras majestosas, com suas águas frias e relaxantes.

Sonhos.

Era o que João tinha, e desejava de todo seu coração realizar cada um.

Ele não era uma pessoa verdadeiramente má, somente precisava encontrar-se, ter uma boa oportunidade para dar um jeito em sua vida.

Ali, em meio a tantas perguntas, certamente procurava respostas para ele mesmo.

Anos e anos vivendo com mentiras e desculpas.

Mal acreditava nele mesmo a essa altura da vida.

Mas depois de perder a tão amada mãe, seus sentimentos aos poucos estavam mudando.

Com certeza João desejava algo melhor para o restante de sua vida.

Sentado ali, sozinho, pensava em tudo o que queria fazer, mas não sabia por onde começar.

Rabiscando, o dia passou rapidamente.

Seu diário estava quase completo, daria um livro muito interessante, ele pensava consigo.

Voltando para seu quarto, viu algumas lojas sem segurança, e planejou voltar ali no dia seguinte.

DE VOLTA
ÀS RUAS

CAPÍTULO 8

Chovia em Luxemburgo naquela manhã, João acordou muito bem disposto, e ao terminar seu café habitual na padaria, pôde observar do outro lado da rua, um sobrado antigo, e logo lhe veio uma ideia, de abrir aquela antiga loja de livros, seu sonho de infância.

Amava escrever, e conseguia ver-se sentado ali, desenhando, olhando pela vitrine, dando autógrafos, deixando a vida passar leve e devagar.

Guardou aquele pensamento consigo, pagou a garçonete, e disse:
— Bom dia.

Saindo pelas ruas, bateu algumas carteiras, e estava bem ensopado da chuva, quando parou em uma loja, no horário de recolhimento de valores, e viu que não era difícil para ele levar aquele malote dali.

Chamaria muita atenção para ele.

Entrou na loja e pediu para ver uma capa de chuva azul, não muito comprida, com botões dourados bem chamativos.

A atendente perguntou qual o seu manequim, e virou-se para pegá-lo, então João olhou a peça, torceu o nariz negativamente, e pediu para ver uma camisa branca, enquanto olhava toda a ação da dona da loja com a conferência atrapalhada do dinheiro.

Balançou positivamente a cabeça, para dizer que levaria.

Pegou a sacola, pagou a moça, e enquanto aguardava o troco, num relance, pegou um saco de notas de dinheiro que estava em cima da mesa, sem piscar.

Ele era rápido.

Ainda olhou a vitrine, agradeceu com um aceno de cabeça, e saiu.

Agora chovia muito mesmo, o vento soprava forte. Ele dava passos rápidos, escondendo-se entre as lojas com suas coberturas coloridas.

Ação rápida que já era o bastante para guardar uns trocados, e procurar um lugar mais discreto que um hotel para ficar e não levantar suspeitas, já que no café que frequentava, perguntavam muitas vezes se estava de passagem pela cidade, como turista, ou professor.

As desconfianças não o deixavam tranquilo, e precisava de um lugar melhor para ficar.

Comprou um jornal, e foi para um bar, beber e relaxar.

Ao chegar, pediu um drinque, apontando para uma garrafa no alto da prateleira e um copo.

Sentou-se em uma mesa no canto do bar, sozinho, encheu o copo, e tomou delicadamente, olhando as pessoas confraternizando, rindo, dançando.

Uma moça observava-o de longe, rindo.

Mas ele só queria estar ali, sozinho em seus pensamentos.

Já a noite se arrastava, era torturante a solidão em que João se encontrava.

Um tempo depois, sentia-se tonto pela bebida.

Saiu do bar, passando pelas poças de lama das ruas, pulando nelas, cambaleando, feliz, como criança.

Neste momento, não queria pensar em nada, ali, com aquele momento infantil, sem medos, sem responsabilidades.

O céu agora tinha poucas nuvens, sem lua.

Conseguia ver as estrelas.

Chegou ao hotel, e foi direto ao quarto, sentou, fechou bem a cortina, depois dormiu.

RECORTES DE JORNAL

CLASSIFICA

IMOVEL - ALUGA-SE

Aluge, vende ou troca, apartamento de dois quartos, com garagem, no Edifício Imperador, em frente ▓▓▓▓▓▓▓▓▓▓▓▓▓▓▓▓▓

Alugo sala comercial, bem localizada, no sul ▓▓, com aproximadamente 35m². Valor R$ 600,00 com água inclusa. Contato: ▓▓▓

CAPÍTULO 9

De tarde, João olhou o jornal, viu alguns anúncios de casas para alugar, já com mobília.

Viu algumas fotos em revistas e jornais, de casinhas charmosas, antigas, um pouco mais afastadas da cidade.

Era exatamente o que procurava. Recortou alguns deles, anotou os endereços, e saiu para vê-los.

No caminho, encontrou crianças andando de bicicleta, pedalavam tranquilamente.

Uma delas com pintas no rosto, camisa fora das calças e pés descalços, perguntou:

— Moço, você é professor?

Ele olhou bem para seu jaleco, e respondeu:

— Sim. Estou voltando para casa.

— E onde você mora?

João pensou um pouco antes de responder.

— Logo ali.

— Ah. Na pensão da dona Carmen?

Ele arregalou os olhos e respondeu:

— Sim.

— Então tá. Tchau.

João respirou todo atrapalhado, precisava encontrar a pensão da dona Carmem logo.

Embaralhou os recortes que trazia nas mãos, e logo abaixo de todos, leu: *"Pensão da dona Carmem, para homens solteiros, educados, que paguem em dia"*.

Este era o local para ele, parecia ser discreto e não muito caro.

Olhou bem o endereço e foi perguntando para um senhor que passeava com seu cão por ali, e o homem disse que não ficava longe, apontando uma ou duas quadras para frente.

João agradeceu e seguiu. Tirou o jaleco e dobrou delicadamente, enfiando na primeira lixeira que encontrou. Despedindo-se daquele disfarce sem olhar para trás.

Logo na esquina seguinte, já podia avistar um sobrado quase medieval, com grandes janelas abertas, de um colorido lindo. Com a pintura das paredes ora antiga, ora moderna, com grafites pincelados nas partes mais baixas, e os telhados escuros em um tom fascinante de preto.

A rua era silenciosa, podia ouvir o canto dos pássaros, olhando para cima, conseguia avistá-los muito pequenos, em um bailar sem melodia.

Alguns canteiros floridos na extensão das calçadas mal-cuidadas, com falhas e trincas onde uma planta crescia.

Adorava aquela nova vizinhança. O ar livre, pessoas

calmas cuidando de seus jardins, cortando a grama, nada parecido com o barulho enlouquecido de Paris.

Viu um idoso esculpindo na madeira, preguiçosamente.

Avistou a placa de entrada, que dizia em letras pequenas: "*Pensão da Carmem*".

Abrindo a pesada porta marrom que rangia muito, João viu uma senhora muito magra, pálida, que trazia umas flores no cabelo, e um imenso sorriso maternal.

Olhava fixamente para ele, estendendo a mão para cumprimentá-lo.

João apertou com cuidado sua mão suada de varrer o chão naquela manhã.

— Olá! — Disse ela.

— Como posso ajudar?

João abriu um sorriso desajeitado, e perguntou:

— A senhora tem quartos vagos para rapazes?

— Sim, é pra você? Vai trabalhar na cidade? — Perguntou ela.

— Com certeza. Estou à procura de trabalho. Vi uma obra começando aqui perto, e quero ver se me estabilizo na cidade. Venho de Paris.

— Oh, você pode dividir o quarto com um rapaz que está trabalhando lá e conversar com ele, com certeza vai conseguir.

— Sim — respondeu João, desajeitado.

Ele não tinha muito contato direto com pessoas. Apenas rapidamente em sua profissão de roubar.

Olhava tudo com muita atenção, sorria de vez em quando, para parecer interessado.

Carmen mostrou-lhe as janelas, as camas, detalhando que as toalhas deveriam ser estendidas no varal, para que secassem.

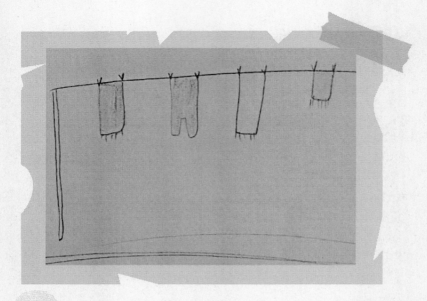

— Adoro Paris, a badalação, vai adorar Luxemburgo, não é tão barulhenta. Fui algumas vezes com minhas amigas pra fazer compras naquelas boutiques lindas. Amei a noite também, naqueles bares cheios...

João ouvia tudo, feliz naquele ambiente acolhedor.

— Pode pagar o mês todo? — Perguntou Carmen. — Você terá as refeições inclusas, é claro. Eu cozinho, e se quiser além dessas refeições, você paga separado. Entendeu? Tenho receitas que te deixarão com água na boca, quem sabe ganha alguns quilinhos? — Disse ela olhando para João, sorrindo.

— Sim — respondeu João positivamente com a cabeça, metendo a mão no bolso, pegando sua carteira.

E ela continuou:

— O banheiro é compartilhado, tranque a porta ao entrar, e gire a plaquinha de ocupado, temos algumas crianças aqui.

Permaneça vestido nos corredores.

Venha, seu quarto fica ali em cima.

Carmen tem uma mentalidade tranquila, e educação rudimentar, mas não tem o hábito de mexericos com as vizinhas, apenas gosta de conhecer seus hóspedes, suas preferências em companhias e trabalho.

Seu passatempo era ler romances a assistir novelas mordiscando bombons recheados, bebendo vinho, muito relaxada em seu sofá de cor vermelha, muito desbotado e velho.

Adorava afofar as almofadas feitas e bordadas à mão. Antiguidades como sua casa, que foi herança de seus pais, e após vários casamentos que não deram certo, obrigou-se a transformá-la em uma pensão para seu sustento.

Como a vida não a presenteou com filhos, ajudava de bom grado os estranhos que passavam por ali.

Quando ficava sozinha, em sua sala, olhava por horas seus álbuns de fotos antigas, guardados em caixas encapadas com papel florido e laços de fita.

Alguns deles eram de seus casamentos, outros fotos de sua família, de infância, que deixavam seus olhos rasos de lágrimas, em um misto de felicidade e saudades.

A escada para o andar superior rangia muito quando eles começaram a subir. No início, tinha um cavalo esculpido à mão, e acima dele, a escada continuava com flores em uma espécie de ramo.

Ao entrar no quarto, João viu tudo arrumado. Roupas de cama limpas e cheirosas.

— As camas são separadas, temos cobertas ali no armário, e o café da manhã é às 7h — disse Carmen. Se você for almoçar, me avise já de manhã, por favor, qualquer dúvida me chame.

Nem tudo o que Carmem perguntou a João sobre sua vida foi suficiente para arrancar a verdade sobre a profissão dele, que se esquivava em cada resposta.

Ela foi direta, abordando de diversas formas, com suposições engenhosas, mas ele sempre tinha uma desculpa ou história pronta.

Por fim, ela contentou-se com as respostas.

As chaves ficam com você, e seu companheiro de quarto logo chega, chama-se Pablo. Ele também veio de Paris.

— Que bom — respondeu João. Vou ao hotel que estou para acertar tudo e pegar minhas coisas, volto em seguida.

Carmem encantou-o, oferecendo um biscoito que havia saído há poucos minutos do forno.

Com uma leve mordida, ele sentiu todo sabor do doce, arregalando os olhos.

— Hum, delicioso!

— Obrigada.

Deu-se por vencida com um breve silêncio que se fez na sala.

Ainda o elogiou, dizendo que era simpático, e que era maravilhoso ter jovens como ele chegando na cidade.

Muito satisfeito, agradeceu e foi saindo.

— Sim, sim, aguardo você mais tarde. Espero que esteja tudo a seu gosto. Estou muito feliz em recebê-lo.

— Obrigado — disse João, e saiu.

— Tchau — disse Carmem, enfiando as notas de dinheiro nos bolsos e entregando a chave para ele.

João saiu sorrindo, já pensando na privacidade que teria ali.

Poderia escrever tranquilamente, pensar, fazer alguns amigos.

Eram tantas possibilidades.

Como não possuía mais o seu jaleco, seu talismã, que teria deixado em uma lixeira, em uma tentativa de esquecer seu passado, e iniciar uma nova vida.

Foi andando calmamente até o hotel.

Mais tarde João conheceu seu companheiro de quarto, um rapaz não muito falante, e combinaram de irem juntos à obra ver um trabalho para João logo cedo.

Ele agradeceu, deu uma boa olhada ao redor, esperou a vez do seu banho, e arrumou-se para dormir.

JOÃO TRABALHA HONESTAMENTE

CAPÍTULO 10

No dia seguinte, João acordou, e estava todo dolorido do colchão duro da pensão.

Esticou-se todo, e abriu a janela.

Seu companheiro de quarto reclamou e pediu que fechasse.

Resolveu descer para conferir o café da manhã.

O cheiro de fritura pairava no ar, ovos mexidos, café fresco, pão cheiroso saído há pouco do forno, além de frutas à vontade.

Era de fato um manjar dos deuses cedinho.

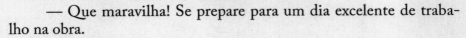

— Bom dia, dormiu bem? — Perguntou Carmem, lambendo os dedos.

— Sim — disse, enchendo a boca com um pedaço grande de pão.

— Que maravilha! Se prepare para um dia excelente de trabalho na obra.

João arregalou os olhos.

— Mas nem sei se vai dar certo — resmungou.

— Claro que sim, acredite. Muitas pessoas estão trabalhando ali. Tenho certeza de que vai conseguir.

— Sim, sim — respondeu baixo, deliciando-se com aquele café quentinho.

Ela sorriu e saiu varrendo o chão, arrumando, tirando o pó dos móveis, cantarolando.

Logo seu companheiro de quarto desceu, e terminaram o café juntos, conversando um pouco.

Depois, agradeceram à Carmem pelo café da manhã, e saíram acenando, prometendo voltar para o almoço.

No caminho, João ensaiava sorrisos amarelos ou desculpas para não ficar trabalhando na obra.

Nunca pegou no pesado, já que seu atual trabalho não exigia nenhuma força física.

Já na obra, João conseguiu um emprego para carregar o cimento, e o pedreiro assentava os tijolos.

Como não estava acostumado, suava em bicas, parava a todo instante. Era motivo de risos dos outros trabalhadores, pois até o meio-dia já tinha bolhas nas mãos finas e frágeis.

Estava exausto e faminto. Só queria dar uma pausa e descansar.

Foram almoçar, e conversaram um pouco sobre aquele dia.

Já no fim da tarde, João recebeu por seu dia de trabalho duro e cansativo. Olhou, e ficou desolado.

— Estou perdido! Preciso voltar para as ruas — disse ele.

Dormiu mais cedo do que de costume. Mas já pensava em como sair daquele novo emprego.

De manhã, nem abriu as cortinas, mas seu companheiro já tinha acordado, para sua surpresa, Carmem disse que ele saiu fugido no meio da noite, sem pagar o próximo mês.

João estava aliviado. Além de ficar por um tempo com o quarto somente para ele, enquanto Carmem não tinha outra pessoa, pensou consigo mesmo que não precisaria voltar à obra, já que não teria de posar de bom moço, e voltaria às ruas para seu ofício normal.

Olhou bem as mãos, calejadas, agradeceu o café e saiu.

Avisando que não viria almoçar.

Passou por uma rua acima da obra, andando bem tranquilamente.

Ao longo do dia bateu algumas carteiras e carregou alguns relógios.

No fim do dia sentou em seu quarto e relaxou, satisfeito, dormindo em seguida.

João já tinha muitas coisas para vender, mas na cidade só havia uma loja de penhores.

O dono da loja disse que conhecia um homem que comprava joias, e deu o endereço a ele.

João foi até lá, e conseguiu vender quase tudo.

O rapaz levava a mercadoria para as cidades vizinhas, e tinha muitos atravessadores, por isso o preço caía um pouco, não receberia tanto dessa maneira, quanto trabalhando e vendendo ali daquela maneira.

E a polícia já ficava de olho nesses tipos que perambulavam pelas cidades.

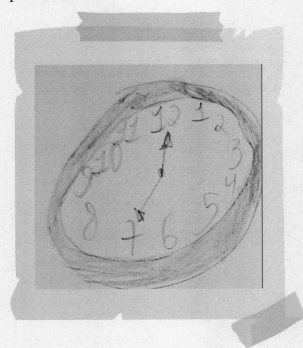

A maioria dos relógios, colares e anéis, era imitação. Difícil de revender. Mas eles davam um jeito sempre.

Não muito satisfeito, João foi até o parque da cidade, e as carteiras dos bolsos que conseguia roubar eram a melhor opção naquele momento.

Mas sentia-se estranho, sem seu jaleco, que não estava usando. Aquela simples peça de roupa era para ele como uma camuflagem, sentia-se um camaleão. Uma mistura de cientista louco com super-herói às avessas.

Observou também um outro rapaz levando as carteiras, celulares e bolsas ali naquela rua.

Ficou meio apreensivo, já que a concorrência já estava bem ali.

As habilidades que um batedor de carteira tem são impressionantes.

Muitas vezes, eles dão um empurrão na pessoa, que nem percebe seu bem sendo carregado.

Outras, a distração aumenta a possibilidade de uma bolsa deixada no chão desaparecer de repente, sem deixar rastros. João fazia isso há tanto tempo, que já não se lembrava.

Nas primeiras vezes que tentou, não achou muito correto, pelo impulso dos moleques de sua rua.

Mas à medida que continuava, a ousadia aumentava, com a aquisição de coisas maiores e valiosas.

Até que já tinha se tornado um profissional a essa altura de sua vida.

João passou o resto do dia em seu quarto de pensão, escrevendo e refletindo sobre sua vida.

Então veio novamente aquela vontade de escrever, uma força que vinha de seu coração, um talento que o fazia flutuar, ele viajava em seus pensamentos, e era disso que ele fugia sempre, de relatar sua história, de imaginar o que os leitores diriam se chegassem a ter acesso a seus contos, histórias, poesias.

Era medo de ter uma vida normal.

À noite, na pensão, algumas pessoas da família de dona Carmem cantavam e tocavam, no quarto, ouvia uma melodia bem familiar.

Era tango, seu embalo preferido.

— Ah, tantas lembranças... — suspirou ele.

Pensou em descer e participar daquele agito. Não saberia como se portar, pensou ele, já que as pessoas em sua vida passaram como se fossem pequenas sombras, e não voltaram.

O fato de pensar em envolver-se o assustava e temia muito a desaprovação delas. Uma vez que ultimamente estava evitando a Carmem, porque ela perguntava muitas vezes sobre seu dia de trabalho.

Resolveu apenas ficar ali... com seus pensamentos.

NO BAR

CAPÍTULO
12

Tinha virado uma rotina para João levantar-se e sair para ter que procurar como manter-se ali em Luxemburgo.

Sentia-se muito solitário, não tinha amigos, nem família. Um estranho em meio a tanta gente.

A Carmem insistia em levá-lo para o jardim de sua pensão sempre quando tinha cantoria e música. Mas ele sempre tinha uma boa resposta para não aparecer.

O ambiente era muito hospitaleiro, com a maioria dos hóspedes amável e prestativa.

Queria algo mais para sua vida. Uma razão pela qual ele pudesse se orgulhar.

Já fazia algum tempo que estava em Luxemburgo morando na pensão, e conhecia cada rua da cidade, estava conhecido nas redondezas. Ficava preocupado em ser pego em uma de suas atividades diárias.

Um sonho que sempre palpitava prestes a explodir em seu peito, como uma chama ardente, alimentada por palavras vindas de seus pensamentos.

Era difícil passar a maior parte do tempo mentindo para as pessoas, e inventar desculpas toda vez que iria sair, aonde iria, o que fazia durante o dia...

Aos poucos aquela situação o deixava louco, e resolveu ver o quanto tinha conseguido juntar em dinheiro, para dar o próximo passo em sua vida. Sentado como sempre ali na mesa do canto do bar, desolado, sem amigos.

Lembrou que depois que sua mãe, Ana, faleceu, passou dias em casa com suas reflexões.

Não sabia como seguir sua vida.

O fato de ganhar a vida roubando as pessoas o atormentava, desejava parar, fazer algo novo.

Desenhou muito, e escreveu histórias tristes, sem dar um fim adequado para elas.

Não conseguia concentrar-se totalmente em suas obras, como se faltasse inspiração.

Um filme em preto e branco passava a todo instante em sua mente, com flashes rápidos de sua mãe ensinando-o a escrever as primeiras letras.

Lendo para ele, segurando-o em seu colo, com carinho.

Ainda tentou buscar no fundo da memória os títulos das obras que conseguiu ler em sua infância.

Desejava voltar no tempo, reviver cada cena, cada momento, fazer tudo de maneira diferente, para que não precisasse estar ali, vivendo aquela vida deprimente. São escolhas erradas, que fizeram com que João se perdesse.

Era realmente ágil em subtrair coisas, objetos, mas lento no que é mais simples e importante na vida, que é a simplicidade, e viver o amor em sua plenitude com as pessoas que amamos.

Não é saudável viver sempre afastado das pessoas, sem relacionar-se, sem ter uma rotina agradável.

"Quero recomeçar, desta vez fazer tudo direito, abandonar de vez esta vida, realizar meus sonhos, que tenho desde menino, escrever..."

Desfez-se de alguns pertences de sua mãe, como calçados, roupas. Uma caixa com fotos antigas, ele guardou-a em sua velha mala marrom.

Aquela casa estava grande demais para ele ficar só...

Percebeu como sua vida era incerta.

Desejava que todo o sofrimento de seu coração fosse embora.

Uma lágrima rolou de seus olhos, com uma tonelada de preocupações, que o deixava atormentado.

Ouvia no bar muitas histórias, brigas, ou problemas amorosos.

Não se sentia bem com seus erros, que insistia em cometer. Roubando de inocentes, mentindo, enganando.

Queria mudar, mas por onde começar?

Gostava de sentir aquele clima noturno, a bebida para ele afastava toda preocupação do dia, deixando-o relaxado para pensar, refletir sobre tudo.

Na maioria das vezes, negava-se dançar com as mulheres que insistentemente o chamavam para dançar.

A música era alegre e envolvente, mas ele só queria estar ali, pensativo, mergulhado em suas lembranças, que ele sabia, com certeza, consumiam-no aos poucos, e já imaginava sua velhice, e não estava satisfeito em viver daquela maneira.

Um bêbado sentou ao seu lado, perguntando uma infinidade de coisas, ele só respondia "sim", "não" ou "talvez".

Seu nome era Marcos, um relojoeiro que tinha chegado à cidade naquela semana.

Havia comprado um novo local para instalar sua loja.

Estava quase falido, pois seu vício, a bebida, o fez perder sua esposa e filhos. Ela foi embora, porque já não aguentava mais viver com ele daquela maneira.

Então ele mudou-se para Luxemburgo, para recomeçar.

Então João ficou interessado quando Marcos disse que precisava de um ajudante. Uma pessoa responsável para ajudar na loja.

Ainda disse que tinha nos fundos um quartinho que o empregado poderia usar.

Era um milagre, pensou João.

Um completo desconhecido, ali, em sua frente, oferecendo a ele uma vida nova.

Seria a oportunidade que tanto esperava?

O mundo tinha outro significado agora para ele.

Estava amadurecendo.

Quantas e quantas vezes, em infinitas maneiras, sonhou em receber uma notícia que mudaria completamente seu estilo de viver...

Agora, ali, um bom homem, com aquele convite inacreditável.

Mal conseguiu balbuciar um sim.

Marcos, satisfeito, passou o endereço da relojoaria, e combinaram então em conversar na manhã seguinte.

João pagou a conta, e saiu.

Já conseguia ver seu futuro.

Pensava como sua amada mãe, Ana, se orgulharia de vê-lo ali, naquela bela cidade, progredindo.

Durante o trajeto do bar até a pousada, caminhou tranquilamente, como se estivesse flutuando.

A cada passo que dava, sorria muito, com satisfação.

Passando por uma igreja, lembrou que era o único lugar que não tinha roubado, já que não era muito religioso.

Pouco conversava com o Criador.

Mas naquele instante, agradeceu o milagre, com uma reverência, olhando para a cruz.

Chegando na pousada, escreveu em seu caderno sobre aquele dia, e dormiu profundamente.

O SIM

CAPÍTULO 13

Muito entusiasmado, João acordou muito cedo, cheio de planos, mal conseguindo dormir na noite anterior.

Rolou a noite toda na cama, sem dormir direito.

Seu corpo doía.

Havia chovido por toda noite. Mas João estava ali, deitado em sua cama na pensão da Carmem, aflito em seus pensamentos.

Será que uma nova etapa de sua vida estaria prestes a iniciar?

O que fazer para começar uma vida?

Qual o primeiro passo a ser dado?

Cada relâmpago daquela tempestade era uma recordação que vinha e voltava.

Da janela que estava entreaberta, podia ver o jardim, onde a água da chuva carregava a terra dos vasos e canteiros. Concentrou-se nos pingos que caíam na beira da parede, com flores que se entrelaçavam ao longo da janela.

Logo deitou, e relaxou.

De manhã, queria estar bem apresentável em seu novo emprego.

Vestiu sua melhor roupa, alinhou a gravata, e lustrou bem seus sapatos pretos. Deu um jeito nos cabelos, que a essa altura

já pediam um corte. As mechas estavam caindo em sua testa como uma franja. Passou uma mousse modeladora, sem muito resultado.

Conferiu seus documentos na velha e surrada carteira, com algumas notas amassadas.

Encontrou sem querer uma pequena foto 3x4 de sua mãe ali, em um canto escondido. Beijou com delicadeza, pronunciando palavras doces sozinho.

— Tudo dará certo! — Falou ele para seu reflexo no espelho.

Deu uma última conferida na bolsa, para ter certeza de que não esqueceu nada, e fechou a porta do quarto.

Desceu as escadas estufando o peito, satisfeito.

Ao olhar ao redor, o sol estava saindo ao longe, preguiçoso.

Carmen deu uma boa olhada nele, sorrindo.

— Bom dia!

— Ótimo dia! — Respondeu João.

— Como está alinhado hoje, tens um encontro com alguma moça? — Perguntou interessada.

João corou o rosto um pouco, tossindo.

Não tinha namoros, pois era muito tímido.

Uma ou outra aventura, mas nada sério.

— Não. Vou a uma entrevista para um provável emprego novo! — Disse orgulhoso.

— Provável é? — Disse Carmem.

— E paga bem? — Perguntou ela, curiosa.

— Creio que sim. É em uma relojoaria que vai abrir no centro da cidade.

— Que ótimo, boa sorte para você!

— Obrigado — disse João, saindo feliz, arrumando os cabelos compridos que caíam nos olhos.

O caminho até a relojoaria era um pouco longo, mas João preferiu ir caminhando.

Via algumas pessoas nas feiras, e o cheiro das frutas era delicioso.

Muitos carros cheios descarregavam pães para a venda ao ar livre.

Conferiu o endereço novamente, tirando do bolso o papel que Marcos havia lhe entregado na noite anterior.

Olhou para o lado, e já seria a próxima esquina.

Tudo era de um colorido formidável.

Que adorável surpresa do destino, quando João olhou para a frente da relojoaria, e viu que o prédio era aquele que tinha visto meses antes, sonhando em comprá-lo.

Ficou um pouco desapontado, mas era de se esperar, que ali vendessem rapidamente aquelas lojas.

Viu que Marcos andava para lá e para cá com caixas, dando ordens.

— Tome cuidado, devagar...

Alguns carregavam quadros, outras cadeiras. Uma grande e estilosa mudança com certeza.

— Bom dia! — Disse João.

— Bom dia, chegou enfim — respondeu Marcos.

— Se soubesse, teria chegado mais cedo para ajudar — Disse João acanhado.

— Não, vamos arrumar tudo, eu e você, entre, por favor.

João colocou o pé direito para dar sorte, e viu muitas caixas amontoadas por todo canto.

Latas de tinta, pincéis para pintura...

Teria muito trabalho mesmo.

Viu que se tratava de uma relojoaria, vendo caixas cheias de relógios e algumas joias.

— Então, quando você se muda para seu quartinho lá nos fundos da loja? — Perguntou Marcos em um enorme sorriso.

— É claro que teremos de arrumar tudo, trocar algumas tábuas podres, está um tanto velha esta casa, mas damos conta! — Disse Marcos.

— Sim. Vou avisar a dona da pensão que irei mudar hoje mesmo.

— Ótimo, João!

Durante o dia, Marcos e João deram duro no trabalho para arrumar algumas coisas essenciais. Como água encanada, luzes, fogão e fechaduras reforçadas. Já que era uma relojoaria, cheia de coisas valiosas.

No fim da tarde, João conversou com Carmem. Contou tudo para ela nos mínimos detalhes todo o seu dia. Tudo era novidade para ele.

Com muita tristeza ela se despediu dele, mas ainda reforçou que se ele precisasse de um lugar pra ficar, que voltasse ali, seria sempre bem recebido.

Abraçou-o com afeto, desalinhando seus cabelos.

Aquela última noite deixava João um tanto triste, pois já estava acostumado com o vai e vem dos rostos conhecidos.

Preparou novamente sua mala marrom com suas poucas coisas, e descansou.

UMA NOVA VIDA

CAPÍTULO 14

Com a chegada da alvorada, um novo dia, João levanta-se e anda pelo quarto, preocupado com seus compromissos do dia. Com a perseverança de sua vida.

Sua cabeça não descansava nenhum segundo.

Ele deseja esconder-se, mas ao mesmo tempo, queria deixar sua marca neste século. Ser um escritor específico, com um livro publicado, ou ter simplesmente uma vida normal, com uma casa simples, família, um cachorro.

Uma vida simples é o que desejava em seu coração.

O vento batia com força na janela do seu quarto de pensão.

Conseguia ouvir os pássaros anunciando um novo dia.

Um crescente desejo tomava conta de seus mais profundos pensamentos. Readquirido a tranquilidade de espírito e, com ela, o seu bom humor, seu verdadeiro objetivo de estar iniciando novos planos, com certeza era seu desejo de escrever, e ter uma vida plena, ter esperanças de que viesse a gostar de trabalhar honestamente.

O motivo declarado era ele mesmo, seu amor-próprio, ou pelo menos aquele que apresentava para si mesmo, verificando cada degrau para ter certeza do próximo passo.

Quanta esperança.

Quantas dúvidas.

João não consegue decidir, se fica em Luxemburgo, ou volta para Paris.

Uma dura decisão.

O que fazer?

Envolve seu dinheiro que restava em um lenço, e guarda na mala, junto com seus poucos pertences.

João tem poucas coisas, e nenhum amigo para desabafar neste momento tão importante.

Pensa se vai conseguir vencer seus medos, de fazer parte da vida de alguém.

Uma família, e ter para onde voltar no fim do dia, após trabalhar honestamente para seu sustento.

Então se sente voar nos seus mais íntimos sentimentos, e por um instante, não tem mais o sentimento de estar preso no chão.

Tomou coragem, pegou sua mala velha, e saiu em direção à escada que dava para a cozinha de Carmem.

Ela aguardava-o com um lindo sorriso no rosto pálido, familiar e doce.

— Que bom que acordou! — Disse ela, abraçando-o forte.

— Gostaria que soubesse o quanto estou orgulhosa de você, arriscando sair de uma vida simples da construção civil, para um trabalho em uma relojoaria!

Carmem pensava que João ainda estava na construção, carregando tijolos por uns trocados.

— Sim, um grande passo! — Respondeu disfarçado.

— Desejo que tudo dê certo, porém, se precisar voltar, seu quarto estará esperando!

— Obrigado! — Respondeu João com doçura, tomando uma xícara de café quente.

Terminando seu café da manhã, João saiu, acenando para todos, triste em deixar aquela família, mas feliz em estar iniciando um novo capítulo em sua vida.

No caminho até a relojoaria de Marcos, começou a chover, e ele entrou em uma loja para comprar um guarda-chuva.

A atendente deu-lhe um na cor amarela. E então João saiu, assobiando.

Nas ruas pouca gente caminhava, ainda era cedo quando chegou, e Marcos ainda dormia em uma cama improvisada.

João bateu na vitrine algumas vezes para acordá-lo.

Quando finalmente ele acordou, fizeram um café, e conversaram um pouco, combinando o que fariam durante aquele dia.

— Hoje você deverá pintar seu quarto lá nos fundos, e acomodar-se. Nos próximos dias arrumaremos as mercadorias.

— Está certo! — Respondeu João, muito satisfeito.

Andando pela lateral da loja, João conseguiu ver seu quarto.

Passando uma parede muito azul, recém-pintada, com flores na janela e capacho na entrada do quarto.

Era grande para ele, com uma cozinha, banheiro e uma grande janela que dava para um jardim malcuidado.

Já pensava em como arrumar todas aquelas coisas, trabalhar em novo emprego que não conhecia. Valorizar um completo estranho que lhe estendeu a mão...

Desejava se dedicar de todo coração a esta oportunidade que tinha recebido de seu novo amigo, Marcos.

Respirou fundo, aliviado. Conseguia enfim sentir-se bem naquele ambiente hospitaleiro.

Entrou com o pé direito para dar sorte.

Abriu a porta e viu algumas latas de tinta, pincel e algum jornal amontoado no canto da parede.

Em uma mesinha, avistou uma caixa de charutos, com um bilhete de boas-vindas assinado por Marcos.

Seu semblante mudou totalmente. Ele olhou aquele gesto carinhoso, e sorriu.

Arregaçou as mangas da camisa e conferiu as cores de tinta, começando a pintar.

Tinha uma linda lareira bem ao centro de seu quarto, e ele pintou-a primeiro.

Ligou a televisão para ouvir as notícias e relaxar em seu trabalho matinal.

Como o cômodo era pequeno, logo estaria tudo arrumado.

Ao meio-dia, deram uma parada no trabalho duro para almoçar em um restaurante em frente, sempre conversando muito, sorrindo e fazendo planos para a loja.

No fim da tarde chegaram as camas, e o restante da mudança de Marcos.

Os dois ajudaram-se para montar tudo antes da hora de dormir, e João deixou a janela aberta para sair o cheiro de tinta fresca.

Na cozinha nova, já tinham todos os utensílios necessários para um solteiro viver tranquilamente.

Estava tudo tão novo, lindo e organizado.

João já pensava em fazer algumas receitas de um velho livro que havia guardado. Era de sua mãe, e recordou com carinho das vezes que ela cozinhava para eles.

A macarronada, os sanduíches com muito queijo, e o café recém-saído da cafeteira pela manhã.

Era uma lembrança valiosa com certeza.

Muitas vezes quando ele saía no meio da noite, fria ou não, quando chegava em casa, sua mãe sempre tinha uma comida gostosa e quentinha esperando por ele.

Os dois sentavam, sorriam em uma cumplicidade singular, e deliciavam-se em cada colherada, e ao terminarem, um beijo de boa noite depois de um delicioso prato.

João ficou satisfeito com aquele novo cenário, e procurou Marcos para mostrar tudo.

Ele aprovou, e então sentaram ao ar livre para conversar, contar histórias velhas e alegres, rindo muito juntos.

Marcos falava muito de suas expectativas para a noite de inauguração da relojoaria.

Ensinava aos poucos alguns segredos sobre as mercadorias que pretendia oferecer aos clientes.

João ouvia tudo com muita atenção, per-guntando e tirando dúvidas.

O barulho de carros parando para ver a fachada da nova loja deixava os dois felizes, pois em uma cidade nova, um investimento desse sempre deixa o dono apreensivo para um futuro sucesso.

No fim da tarde, jogaram xadrez no jardim, como velhos amigos.

As confidências começavam a fazer parte da nova vida de João, e ele estava aos poucos se sentindo mais à vontade.

Olhou para tudo ao seu redor, e deu um suspiro longo.

Marcos veio trazer-lhe alguns cobertores e travesseiros.

— A água está limpa nos canos finalmente! — Disse Marcos.

— Podemos tomar banho e usar as torneiras para cozinhar — Disse ele feliz para João, que agradeceu e se despediu com um "boa noite".

Depois de um banho quente, João sentou-se no jardim feio e descuidado, olhando para o céu estrelado, com uma satisfação que preenchia todo o seu coração.

Olhou com felicidade a velha torneira, abrindo-a, molhando suas mãos.

A água escorrendo entre seus dedos era fresca.

O ambiente todo se completava em uma paz inigualável.

Acendeu uma luz na beira da calçada, e ficou ali por algumas horas, depois deitou, na expectativa do dia seguinte.

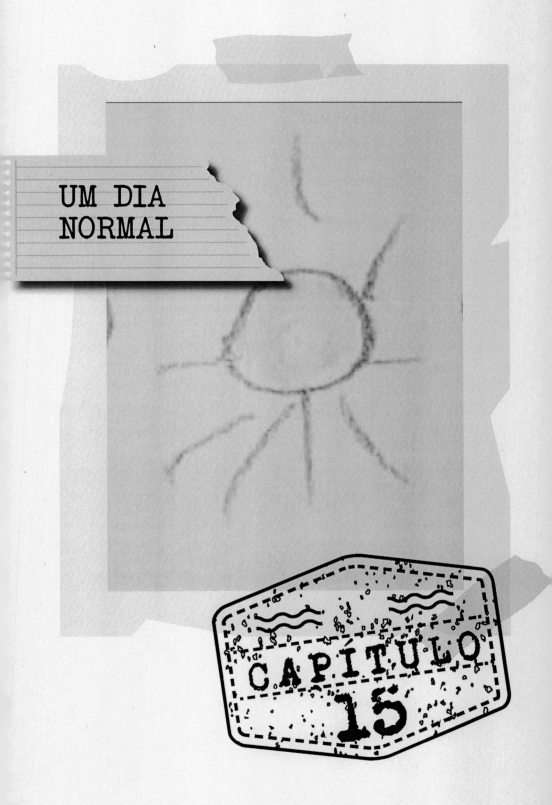

UM DIA NORMAL

CAPÍTULO 15

O cheiro de tinta era forte ainda pelo quarto.

João levantou muito cedo, com o cantar dos pássaros.

A luz do sol ainda era fraca e preguiçosa.

Fez um café, sentou-se na cadeira, apoiando o braço na pequena mesa, e pensou.

Foi até sua mala marrom e pegou seu diário.

Escreveu com detalhes do dia anterior, seus sonhos, como se fosse para sua mãe.

Depois tentou arrumar o cabelo comprido que já caia nos olhos, e saiu para encontrar Marcos na loja.

— Bom dia! — Disse Marcos, sorrindo.

— Como passou sua primeira noite?

— Muito bem — respondeu João.

— Hoje vamos pintar aqui e arrumar a mobília nova, e precisamos de um letreiro bem grande ali fora — Disse Marcos.

João respondeu que sim, balançando a cabeça.

Durante o dia, Marcos conversou muito, queria saber da vida de João, perguntou sobre sua família e amigos, tudo.

João resumiu bem sua história de vida, e Marcos ficou satisfeito.

No fim do dia, passearam pela cidade, buscando inspiração para a fachada de sua relojoaria.

João teve uma ideia, olhando nos letreiros das lojas e restaurantes, mas guardou para ele.

Caminharam como velhos amigos, falando alto, sorrindo e cumprimentando as pessoas pela rua, comeram em um restaurante barato, pois ambos queriam economizar, e planejaram ir juntos ao mercado no dia seguinte.

Ao voltar para a loja, agradeceu por tudo, e recolheu-se.

No seu quarto, fez um esboço de letras para a fachada da loja de Marcos.

Rabiscou, amassou várias vezes até gostar de uma das figuras.
Usou muita imaginação e cores nas letras.
Esboçou várias figuras que depois acrescentou em seu diário.
Então descansou, para no dia seguinte surpreender seu amigo.

João acordou muito cedo, pegou tinta e uma escada, subiu na parte da frente da loja, e começou a desenhar.

Pintura assim era uma coisa nova para ele, e com certeza talento era o que não lhe faltava.

Quando Marcos levantou e abriu as portas da frente de sua loja, levou um susto, seus olhos estavam arregalados, surpresos.

— Minha nossa! — Gritou ele.

— Você é então meu Picasso particular?

João sorriu.

— Tenho um certo jeito para desenho.

— Sim, adorei o que você fez com as cores!

Acima da velha fachada, João escreveu: "*Relojoaria*". Com a cor preta, sombreada com a cor vermelha, e anéis e relógios muito bem detalhados.

— Depois adicionaremos o número do telefone, Marcos.

— Sim. Você deveria ser artista e não atendente, João, seu talento é maravilhoso. Vejo que ainda vou aprender muito com você. Obrigado por fazer meu dia tão especial.

— Pensei em agradecer de alguma forma a oportunidade que você está me dando, e se precisar de panfletos, posso ajudar também.

— Creio que economizarei um pouco, tendo você no marketing de minha loja. Venha, o café é por minha conta hoje.

Entraram comemorando muito aquele início de dia.

João revelou para Marcos que era uma paixão antiga, de desenhar, e amava fazer fotos preto e branco.

Marcos ouviu tudo com atenção, e pediu um retrato seu para pendurar na parede.

Durante o dia, montaram muitos móveis, e esperaram a entrega de vidros e fechaduras reforçadas para garantir a segurança das mercadorias mais caras da relojoaria.

Estava quase tudo pronto para a abertura da loja.

As pessoas já passavam curiosas na frente, tentando saber o que seria, já que Marcos cobriu o letreiro da loja para ser uma surpresa quando tudo estivesse pronto para a grande inauguração.

João já se imaginava ali, naquelas vitrines, atendendo o público.

Começaram aos poucos a fazer faxina, arrumar tudo, limpar o chão, juntando as sujeiras.

João torceu o nariz ao ver o balde e o esfregão.

A semana passou calma e rápida.

No fim de semana, Marcos foi até Paris visitar alguns amigos e seus filhos, e iria se divertir na noite.

João aproveitou para fazer jardinagem na frente da loja e em seu jardim particular nos fundos.

Ainda escreveu cada coisa nova em seu diário, para não esquecer nenhum detalhe.

Escavando as pedras do jardim, encontrou uma

chave, não muito velha, e guardou para verificar com Marcos se abria alguma porta da velha construção.

Seus sentimentos agora eram outros, nascia um sentimento novo em seu peito, uma calmaria depois de tantas idas e vindas de sua vida.

Uma janela diferente, com uma moldura simples, e uma visão espetacular de futuro.

ÚLTIMOS PREPARATIVOS PARA A INAUGURAÇÃO

CAPÍTULO 17

O dia da inauguração da loja se aproximava, e todos aqueles dias que João tinha passado com seu amigo, preparando cada detalhe, fazendo todo trabalho duro, conversando e desenhando, escrevendo, que era realmente o que lhe deixava feliz, não tinha preço realmente.

Sua felicidade estava estampada em seu rosto.

Naquela manhã linda, João preparou um café da manhã para Marcos, agradecendo, e dando-lhe um presente.

Uma caixa para que ele guardasse algumas recordações dentro.

Quando ele abriu o pacote, ali estava a chave que João tinha encontrado no jardim quando estava limpando o jardim. — O que ela abre? — Perguntou Marcos para João.

— Não sei, encontrei no jardim ali atrás, pensei em lhe dar e verificarmos cada porta para ver se abre alguma!

— Sim! Vamos verificar uma por uma!

E saíram, para ver se tinham sorte em encontrar talvez um tesouro ali escondido naquela velha casa.

Mas nada, quem sabe alguém tenha deixado cair ali, ou era uma chave velha que fora substituída em uma nova fechadura...

Um pouco decepcionante.

Durante o dia, tudo foi arrumado, cada acessório pendurado, as luzes ajustadas e verificadas as mercadorias e estoque.

O ambiente estava pronto enfim para receber os convidados, e os filhos de Marcos viriam cedo, e João estava um tanto apreensivo para recebê-los.

E se eles não gostassem dele, e criassem algum problema?

Já estava tão à vontade morando ali com seu novo amigo, que ficaria triste se precisasse ir embora.

Mas de certo era coisa da cabeça dele, uma preocupação descabida.

Marcos e ele estavam sempre juntos, saíam para fazer compras juntos, e tomar café em uma simpática cafeteria interiorana que descobriram em suas caminhadas pela cidade.

À noite faziam jantares solitários, regados com vinho e jogos de xadrez ao ar livre, respirando a liberdade de dois solteiros que amavam conversar e fazer planos para o futuro.

João estava feliz, com tantas mudanças repentinas em uma vida de infortúnios que o assombravam ainda em seus sonhos, às vezes, e que lhe rendiam histórias lindas em seu livro secreto.

Era incrível como estava sendo tão natural para João viver essa nova fase de sua vida.

Como ele pôde agir de maneira tão errada com as pessoas por tanto tempo?

Olhando para aquele desconhecido, que lhe dera uma nova oportunidade sem mesmo conhecê-lo, conseguiu sorrir mais uma vez.

Tudo estava diferente, e era ótimo.

Enfim acabaram os serviços dentro e fora da loja, e os panfletos já tinham sido distribuídos pelas ruas da cidade.

A hora da inauguração foi bem especificada:

Inauguração
Dia 21 às 20 horas

Então Marcos e João tinham um dia inteirinho para verificar os últimos detalhes.

Marcos tinha convidado alguns amigos e fornecedores.

A cidade não falava de outra coisa.

E o jornal local dava ares de boas novas para o novo empreendimento.

À tarde, João e Marcos foram ao barbeiro, preparar o visual para o dia seguinte, e fazer a barba.

Depois compraram ternos novos, para o trabalho, e enfim estavam prontos.

O sistema de alarmes já tinha sido instalado, muito moderno e preciso.

Após o jantar, os dois abriram uma garrafa de vinho para comemorar, e riram muito juntos.

Marcos despediu-se com um "boa noite", ambos satisfeitos e ansiosos para o dia seguinte.

A noite estava linda, e João adormeceu olhando o céu, sentado ali na cadeira bem ao centro do seu jardim particular.

Quando acordou era quase dia, então entrou e dormiu mais um pouco antes de o sol nascer.

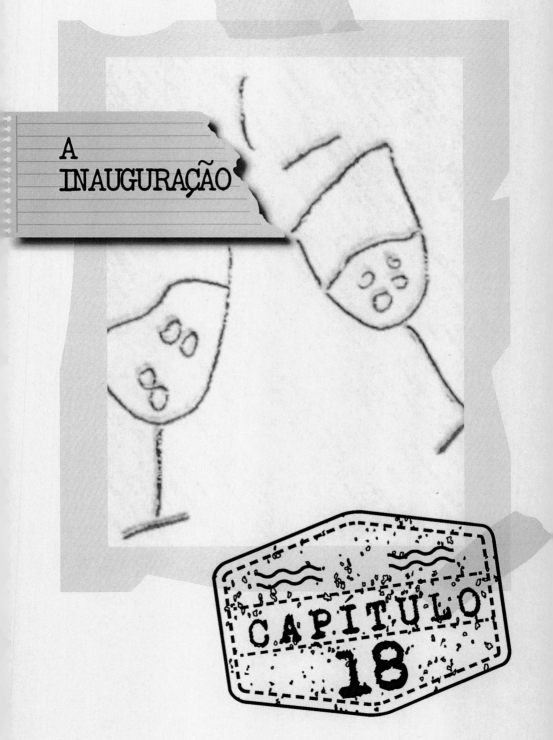

grande dia chegou, e os corações estavam muito nervosos.

O silêncio era aterrorizante por todos os lados. As paredes estavam iluminadas e refletiam nas pedras dos anéis que embelezavam os balcões.

Na parte de trás da loja, Marcos encontrou João meio enrolado na gravata. Ajudou-o a fazer o nó, e tomaram café.

Os últimos detalhes foram dados, e estavam satisfeitos com e resultado final.

Durante o dia, Marcos ensinou algumas coisas importantes sobre pedras e outras coisas que João ainda desconhecia sobre ouro, encomendas e pedidos.

Ele ouvia tudo atentamente.

Como a satisfação em fazer o bem era reconfortante.

Seu coração não cabia no peito de tanta felicidade.

Agradeceu mais uma vez pela confiança e oportunidade que Marcos lhe deu. Agora eram amigos, confidentes.

Tudo estava pronto, e quando a noite começou a cair, os petiscos encomendados para a inauguração começavam a chegar, com garçons muito bem vestidos, cochichando e apontando os lugares nos quais os pratos e taças de champagne deveriam ser depositados.

Aos poucos, as pessoas convidadas por Marcos começaram a chegar, e João sentia as mãos suadas e trêmulas.

— Boa noite, meu amigo — disse o primeiro convidado a entrar.

— Que magnífico trabalho você fez nesta pitoresca cidade!

— Obrigado — respondeu Marcos sorrindo.

— Fiquem à vontade, e olhem tudo, se precisarem, chamem João, meu amigo que lhes atenderá prontamente.

A noite seguiu normalmente, e venderam muito bem naquela noite.

Os clientes aproveitaram para parabenizar os anfitriões, e prometeram voltar mais vezes.

Os filhos de Marcos chegaram, e nada foi estranho como João tinha pensado. Cumprimentaram-se educadamente, e conversaram bastante ao longo da noite, elogiando para seu pai o novo amigo que ele tinha feito.

Por toda noite, João olhava ao seu redor, com todas aquelas pessoas, lembrando que na maioria das vezes que ficava em multidões, era para roubar.

Mas agora tinha um trabalho honesto, um amigo verdadeiro que confiava nele, um lar, tempo para escrever.

Tudo estava perfeito enfim.

A noite estava acabando, e Marcos e João despediram-se dos últimos clientes, realizados com aquela bem-sucedida noite.

Fecharam as portas, contabilizaram os lucros, e deixaram a arrumação para o dia seguinte.

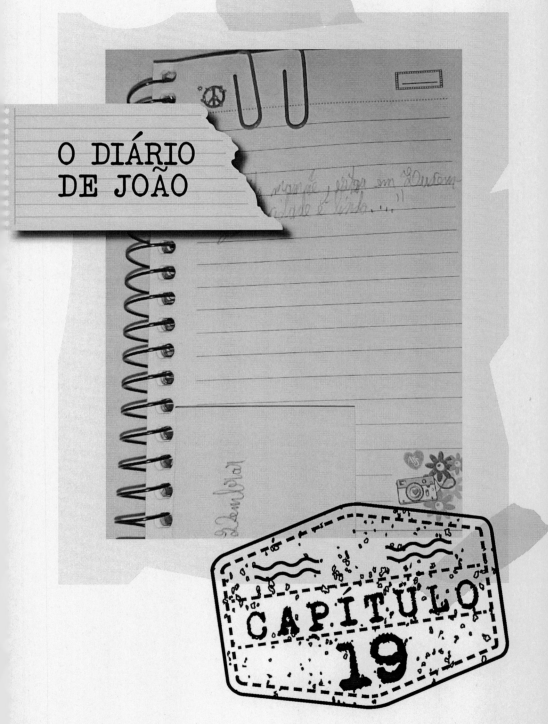

O DIÁRIO DE JOÃO

CAPÍTULO 19

No dia seguinte, após o sucesso da inauguração da relojoaria, Marcos acordou cedo para abrir a loja, e João também.

Como de costume, tomaram café da manhã juntos, e conversaram sobre como seria o dia.

Os dois já tinham contabilizado o lucro da noite anterior, e colocaram vários artigos novos na vitrine.

Após uma limpeza, estavam prontos para um dia de trabalho.

Tudo parecia estar normal.

Na frente da loja já chegavam alguns clientes curiosos, com vontade de comprar.

Na maioria das vezes que João atendeu, precisou do auxílio de Marcos para o fechamento da venda, mas ao decorrer do dia, já se sentia familiarizado com as coisas.

Estava aprendendo depressa, e por incrível que pareça, nem lembrava que já fora ladrão um dia.

Aquela manhã passou depressa, e a semana também.

As vendas eram boas, e Marcos gostava da companhia de João.

Eles passavam muito tempo conversando, sem nunca cansarem.

Sempre tinha algo para lembrar, para rir.

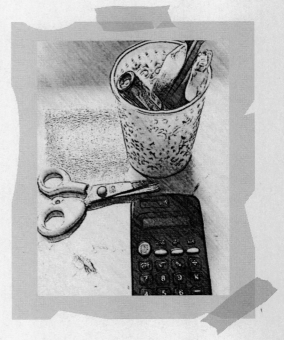

Nas noites em que João passou escrevendo e desenhando, ele já pensava em um final feliz para suas anotações.

Já tinha páginas suficientes para um livro. Não tinha título ou nome ainda.

Era como um diário, em que ele apenas relatava coisas boas de sua vida, mas nunca mencionava nomes.

Aos poucos foi acrescentando personagens novos, e aventuras completamente diferentes.

Pensava consigo como ficaria depois de pronto... Editar, e ver as pessoas comprando, lendo, e admirando-se com sua obra, sua paixão.

Mais tarde convidou Marcos para provar um jantar especial em seu espaço ao ar livre.

A noite estava linda para um jogo de xadrez habitual, uns charutos e vinho. Sem esquecer-se das longas e divertidas conversas, embaladas por uma música tranquila.

Planejava mostrar para seu amigo seus segredos. Sua literatura pessoal, e desenhos, seu íntimo, seus sonhos.

Apenas tinha medo de revelar e ele achar tudo sentimental, ou rir de suas frágeis lembranças.

João preparou o jantar com dedicação, e olhou a prateleira na qual colocava seus livros em um canto perto da lareira.

Trazia sempre algum exemplar novo para ler em suas horas de folga.

Já possuía títulos conhecidos, e seus escritos estavam juntos, aguardando o veredito positivo de Marcos.

Desejava o sim para dar continuidade em seus sonhos.

Ultimamente rabiscava em qualquer coisa.

Os guardanapos eram coloridos muitas vezes.

As histórias que escrevia eram bem realistas a seu ver, e amava cada palavra que colocava no papel.

A hora do jantar chegou, e Marcos também, cheio de fome, após fechar a loja e tomar um banho.

João recebeu-o com um "boa noite".

— Qual o cardápio de hoje, chef? — perguntou Marcos sorridente.

— Macarronada da mamãe! — Disse João em tom de brincadeira.

— Hum...

Os dois sentaram-se e serviram-se, bebendo um vinho em taças grandes.

Após o jantar, João revelou seu segredo ao amigo.

Marcos ficou ali, lendo aquelas páginas por um longo tempo, enquanto João arregalava os olhos, fumando um charuto, preocupado.

Depois de algum tempo, ele fechou o diário, e, olhando sério para o amigo, disse em tom amável:

— Sabia com certeza que você era um homem de talento. Mas por que o escondes?

João contou-lhe o necessário para que estendesse com clareza, e Marcos ouviu, e aconselhou que o transformasse em livro e publicasse o mais rápido possível.

— Já tinha ficado admirado com seus desenhos perfeitos, e não imaginava que era isso o que fazia escondido aqui atrás, escrevia estas histórias com riqueza de detalhes tão lindas!

— Tenho amigos editores que podem ajudá-lo nos primeiros passos. Se desejar, tenho o contato para iniciarmos a publicação de seu livro, e realizar seu sonho. Farei com prazer para meu grande amigo.

— Sim — Disse logo João pulando e abraçando seu amigo.

Como um completo estranho parecia tão normal para ele? Como um irmão que ele nunca teve.

Ajudando-o em tudo.

Ensinando e fazendo companhia quando ele mais precisa.

E sua mãe? Se ainda estivesse ali? O que diria?

Tantas novidades.

Quanta vida acontecendo ali, bem em sua frente.

Estava extasiado. Emocionado.

Marcos ficou de entrar em contato com o editor na semana seguinte, pois se aproximava o fim de semana, e marcaria uma hora para a leitura do diário que se transformaria em livro, e convidou João para um passeio no interior da cidade, quem sabe buscar inspiração para novas obras.

João nem dormiria aqueles dias, sonhando acordado.

Despediram-se os dois, e João sentou ali, pensativo.

Começou a desenhar, imaginando uma capa.

A noite passou devagar, com certeza de novidades boas no dia que estava para nascer.

Tantas coisas para pensar, tanta emoção em seu coração.

Mais um sonho estaria sendo realizado com certeza.

PASSEIO
PELO
INTERIOR

CAPÍTULO 20

dia começou lindo no fim de semana, com os primeiros raios de sol iluminando o quarto de João, onde ele preparava sanduíches de salada de ovos e refresco, receitas do livro que fora de sua mãe, Ana.

Preparou com cuidado e amor, não se esquecendo de usar pão novo e embrulhar bem para causar uma boa impressão em seu amigo, que tinha boas expectativas quando ele cozinhava.

Marcos ficou com a tarefa de ir cedo à feira comprar frutas frescas para as refeições do dia.

Estava tudo pronto bem cedinho, quando montaram uma cesta recheada de coisas apetitosas.

Marcos fazia o tipo turista, com a máquina fotográfica pendurada no pescoço, e João tinha colocado um chapéu, óculos escuros e roupas confortáveis para o passeio pelas ruas empoeiradas no interior de Luxemburgo.

Com o carro abastecido de gasolina e comida, água e expectativas, partiram felizes os dois amigos, agora confidentes e companheiros de aventuras.

O calor fazia-se presente no horizonte, iluminando todo o trajeto.

Quase não se via pessoas neste início de manhã, pois as primeiras horas do dia traziam uma certa preguiça no ar.

Os dois aventureiros estavam admirados com as construções antigas, animais que pastavam na campina.

Que vista maravilhosa.

João lembrava-se da primeira vez que colocou seus olhos naquela paisagem.

Nenhum livro, por mais famoso que fosse, descreveria com detalhes aquela visão.

Ele ouvia, talvez, nas histórias que sua mãe contava para ele de sua infância no interior, com banhos de cachoeira no verão quente, e brincadeiras na rua com seus amigos.

Nenhuma coisa conseguia descrever este lugar, ele precisava ser testemunhado para ser compreendido.

E mesmo assim, ele via-o, mas não o compreendia.

Para conhecê-lo, precisava caminhar.

Então convidou Marcos para descer do carro e andar na rua, sujar os pés.

Era o paraíso.

Por toda a extensão da rua, via-se vida em abundância.

Algumas vacas em um campo todo verde, rodeado de árvores que eram embaladas pelo vento, como um lindo tango.

Eles caminhavam sem pressa, e o tempo passava lentamente.

O ar era diferente, como uma refeição bem temperada, com um estranho aroma de pólen e fumaça, por toda a parte.

Como se tivesse flores queimando.

Tinha cheiro de selvagem, como uma descoberta, ou uma lembrança de infância.

Era lindo, um céu azul, o cantar dos pássaros, enchia o peito com um sentimento de paz.

Eles afastaram-se pouco do carro, então voltaram e embarcaram para seguir em frente com o passeio.

O ar fresco subia do chão, e João ficou tomado de arrepios.

Então o sol encontra seu rosto, e ele fica aquecido.

O mundo ali pregava peças nos sentidos.

O cheiro de natureza era formidável.

A magia era natural e estava presente por todo o lado.

Chegando mais perto das casas, João avistou uma de cor amarelada, bem conservada pelo tempo, e foi paixão à primeira vista, ou à segunda, pois Marcos tinha comprado a velha casa na cidade, onde ele desejava fixar residência e abrir sua livraria um dia.

Olhou atento de longe, descendo do carro, seguido de seu amigo, que tirava fotos para recordar.

Seria possível ele ter encontrado outra joia ali na mesma cidade?

João tinha o sonho de comprar uma casa simples no interior de uma cidadezinha, para escrever, inspirado com a paisagem, sem pressa.

E tinha tudo o que ele precisava ali.

— Pena não estar à venda! — Disse Marcos.

— Sim. Já tenho algum dinheiro guardado, e logo poderei aventurar-me na aquisição de uma casa — sonhou João em voz alta.

Uma senhora bem idosa abriu a porta devagar, e acenou a cabeça para eles, que saíram sorrindo.

Entraram no carro, e logo encontraram um cantinho para estender um lençol e almoçar.

Permaneceram ali por algum tempo, caminhando com os pés no chão, trocando confidências, fazendo planos, até que Marcos, sem querer, lembrou-se do editor que viria à cidade conversar com João logo na segunda-feira sobre seu livro.

Sentados, ou deitados, muitas vezes, ali admirando a natureza, o tempo passava devagar, e João conseguia imaginar-se ali, em um lugar calmo, em meio à natureza.

Ruas calmas, vizinhança pacata.

Teria muito tempo para escrever, e sabia que sua obra seria apenas o início de uma linda carreira como escritor.

Enquanto pensava, Marcos perguntou-lhe se ele tinha algum dinheiro para investir na publicação de seu livro.

João disse que havia economizado ao longo dos anos para que pudesse utilizar agora.

— Que bom, você poderá trabalhar comigo, e escrever em suas horas de folga! — Disse ele.

— Sim, realmente — respondeu João surpreso.

Ele não tinha pensado nisso com certeza, daí veio a surpresa.

Seria maravilhoso, pois com a venda do livro, poderia dar continuidade a seus sonhos, realizar a compra de uma casa, e seguir uma vida correta e digna.

Abraçou seu amigo com força, e agradeceu novamente.

Ficaram ali admirando o céu, e Marcos deu um palpite para o fim do livro de João.

— Na verdade, tenho dois finais para esta obra — disse João.

— Você saberá qual vai se encaixar melhor pela manhã, antes da chegada do editor.

— Okay, eu aguardo, fazer o quê? — Respondeu Marcos franzindo a testa.

A tarde chegou, e os dois voltaram para casa, felizes e fazendo milhões de planos para suas vidas.

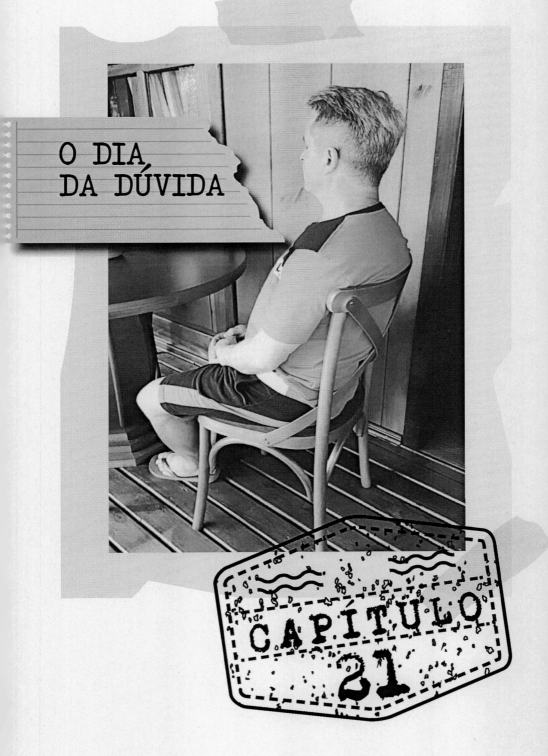

O DIA DA DÚVIDA

CAPÍTULO 21

João acordou cedo, fez ovos mexidos com panquecas, e café preto como de costume.

Colocava toda sua fé na revisão de seu livro, folheando e rabiscando.

Tirou algumas partes de que não gostava, ou que queria ocultar dos leitores.

João estava apreensivo, pois queria causar uma boa impressão ao editor que viria de Paris para ler seu manuscrito.

Ouvia falar na época da faculdade dos críticos literários, cheios de exigências quando se falava de bons livros.

Permaneceu quase tranquilo, ao receber de seu amigo, Marcos, o elogio que esperava:

— Esta sua obra é repleta de palavras doces, dedicadas com certeza a esta pessoa em especial, que foi sua amada mãe, Ana. Transmite uma paz em mim, e tenho a plena convicção que, quando estiver nas mãos de seus leitores, vai fazer um grande sucesso!

— Obrigado, meu amigo, estas palavras aquecem meu espírito de escritor, e ao menos uma pessoa vai gostar de meu livro!

Os dois riram enquanto tomavam café. João agradeceu mais uma vez a grande generosidade dele em ajudar de tantas formas na mudança de vida, dando-lhe um forte abraço.

Mesmo se o editor não aprovasse seu livro, João já estava preparado para o não.

Algumas obras que leu quando criança, e seus livros preferidos de escritores renomados que trazia com ele, guardados a sete chaves, também lhe deram inspiração na hora em que escrevia.

Mas para sua felicidade, com a escrita e desenhos que fazia, teria grandes chances de ter um livro publicado.

Só pelo fato de tomar coragem de mostrar a uma pessoa desconhecida seus rabiscos, já o elevava ao patamar de superescritor, ao menos para seu amigo, que lhe rendia muitos elogios sempre que os lia.

E tendo sua obra como livro, publicado, seria extraordinário.

Após o café, abriram a loja, e logo o carro do editor estacionou do outro lado da rua.

— É ele com certeza! — Cochichou Marcos, olhando para João, batendo de leve nas costas trêmulas dele.

O rosto de João corou, de um vermelho intenso, e sua respiração estava ofegante, como se seu coração fosse explodir fora do peito.

A adrenalina era grande, e suas pernas estremeceram, o fazendo sentar imediatamente.

Respirou fundo, e tentou lembrar onde tinha deixado sua riqueza literária.

O homem saiu do carro, levando consigo uma pasta azul debaixo do braço.

Seguiu devagar atravessando a rua, olhando para a porta da relojoaria. Marcos foi ao seu encontro, aguardando em pé na entrada.

Logo que entrou, Marcos apresentou seu amigo, Raphael, para João, que se levantou rápido, apoiando as mãos no balcão, nervoso.

— Este é meu amigo que falei no telefone, um artista, que escreve lindas histórias, e desenha como o Picasso, ou até melhor.

João estendeu a mão e se apresentou.

— Muito prazer! Estou ansioso para conhecer seu trabalho, e digo que é digno de um best-seller, segundo seu amigo que já o leu. Tenho plena convicção que teremos muitos livros publicados, se chegarmos a um ponto positivo hoje!

— Sim! Me acompanhe ao meu reduto particular, e veremos se gosta de meus rabiscos!

— Obras de arte! — Gritou Marcos de longe.

E seguiram para o quarto, onde ele deixou confortável Raphael, para que ele lesse o livro, e voltou ao seu trabalho na loja.

Seriam necessárias algumas horas para a leitura, então cada minuto era uma agonia.

Uma pausa foi realizada para o almoço.

Os três seguiram até o restaurante habitual frequentado pelos amigos na cidade, mas nenhum deles comentou nada sobre o livro durante o almoço.

Na volta, Raphael disse estar gostando da obra, mas que os desenhos anexados não agradavam muito, já que o livro era mais uma seletiva de cartas, e que achava melhor ficar somente com a escrita.

A essa altura, João ficou um tanto decepcionado, gostava muito do livro com as figuras, mas não quis criar expectativas.

No meio da tarde, Raphael entrou na loja, arrumando seus óculos acima do nariz, muito sério, com o livro nas mãos, e entregou a João.

Um breve silêncio, e logo disse:

— Primeiramente quero agradecer por me receberem aqui hoje, e a oportunidade de ler sua obra. Sem sombra de dúvidas, é um livro vendável.

— Que ótimo! — Gritou Marcos.

— Porém quero salientar que os desenhos não fariam parte do livro. Deixarei meu contato em Paris, e assim que possível, lhe aguardo em nosso escritório para uma conversa.

— Sim, muito obrigado. — Marcos e João agradeceram, despedindo-se de Raphael.

— Nossa! Que bom que ele gostou. — Marcos suspirou.

— Sim, meu sonho vai se tornar realidade, vamos comemorar!

Mais tarde, fizeram um jantar especial, e beberam vinho jogando conversa fora até tarde, despedindo-se tarde da noite, felizes e satisfeitos.

João sentou em seu jardim para refletir sobre seu dia.

Antes de pegar no sono, João tinha os olhos ainda vidrados, e demorou pra dormir, abraçado em seu livro.

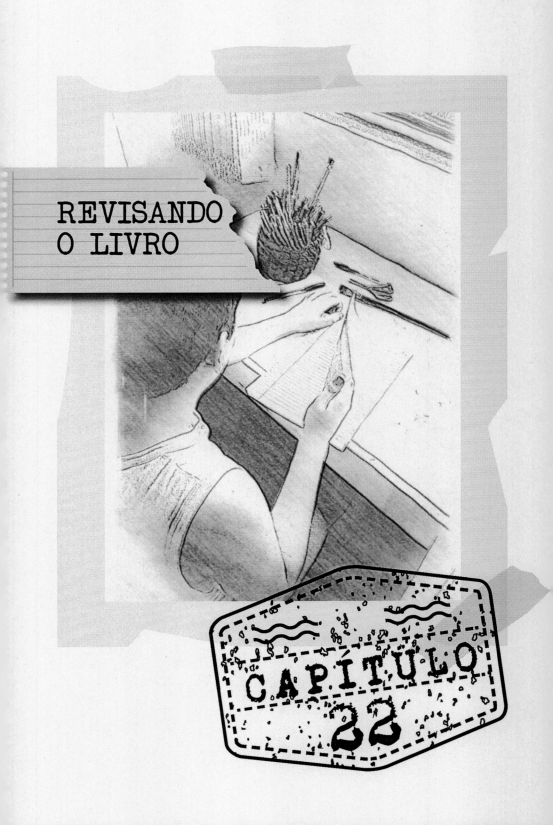

Raphael não tinha gostado muito dos desenhos do livro de João, então ele sentou bem cedo para revisar o livro.

As partes em que falava de sua namorada, Elisa, ele anexou em separado, pois segundo o editor, daria um romance, e João tinha umas ideias em mente, e começou a escrever, em forma de poesias.

Aquele seu caderno, cheio de palavras doces, escritas no calor da paixão da época, deu-lhe inspiração, e pensou que se durante aqueles dias, reescrevesse aqueles versos, no fim da semana, ou na sexta-feira quando fosse ao escritório de Raphael, já teria as poesias prontas para um segundo livro, e as cartas que tinha feito para sua mãe, um terceiro livro.

Enfim sua mente clareava, a esperança dava-lhe inspiração para voltar a escrever.

Guardou ali o que tinha escrito par mostrar a Marcos mais tarde, e foi abrir a loja.

Chegando, seu amigo já estava de pé ao lado do balcão, também teve dificuldades em dormir, não pelas emoções do dia anterior, mas porque já há algum tempo, sentia-se mal, e precisava ir ao médico fazer alguns exames de rotina.

Quando corria, cansava-se muito rápido, e ficava ofegante, fraco. Precisava fazer uma visita ao seu médico em Paris, e disse que iria na sexta-feira com João, aproveitando sua ida à cidade.

João ficou preocupado com ele, mas se tranquilizou quando ele insistiu que tinha uma boa saúde.

Na hora do almoço, João mostrou-lhe o que tinha escrito para os outros livros, e Marcos lhe daria algumas ideias de poesia, que adorava ler.

Com certeza ele escrevia muito rápido, e agora já eram três livros para finalizar.

Estava extasiado. Feliz com essa nova etapa de sua vida, em que seu sonho de criança se tornava realidade.

Os desenhos ele guardou com carinho, eles faziam parte de sua trajetória, e queria lembrar de todos os lugares em que esteve, e das pessoas que conheceu.

Ele já foi um ladrão, isso não queria mais lembrar, e sim apagar da sua história.

Voltando do almoço para o trabalho, João teve uma linda surpresa, quando viu Carmem entrando, sorridente, trazendo os biscoitos saborosos que fazia na pensão.

— Que alegria voltar a vê-la, minha amiga!

— Sim, como você não foi mais me ver, estou aqui para lhe abraçar.

Ela afagou seu rosto com delicadeza, e penteou os cabelos curtos com carinho.

— Vejo que finalmente cortou, consigo ver seus olhos lindos agora.

— Verdade — Falou ao longe Marcos.

João fez as apresentações, e sentaram os três para tomar um chá com aqueles deliciosos biscoitos, e contar as novidades.

Carmem ficou eufórica para logo ler os livros, e fez João prometer que daria o primeiro autógrafo para ela, como uma mãe querida, que o cuidou por um bom tempo.

Ele prometeu que assim que estivesse pronto, ela seria a primeira a saber.

A conversa foi muito agradável.

Ela ainda comprou um par de brincos, que usaria na noite de autógrafos do livro de João.

Despediram-se, com ele sorridente, como uma criança na época de Natal.

O dia estava perfeito, e a noite veio pra que João escrevesse seus livros.

SEXTA-FEIRA

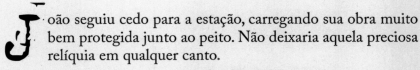

João seguiu cedo para a estação, carregando sua obra muito bem protegida junto ao peito. Não deixaria aquela preciosa relíquia em qualquer canto.

Marcos acompanhava-o comendo alguns biscoitos.

Sentaram juntos, e conversavam pouco, ambos estavam apreensivos para as atividades do dia. João lia seus livros ao longo da viagem, enquanto seu amigo dormia.

Ao chegar, João ainda estava mergulhado na leitura, perdia a noção do tempo. Naquela manhã específica, ansiava por uma resposta positiva, tanto do editor, quanto do médico de Marcos.

Esperava, contudo, que seus planos dessem certo, dotado de um sentido de observação mais apurado e de um comportamento dócil, João via uma luz diferente nos céus de Paris naquela manhã.

Sentia-se bem-disposto, e acolhia de braços abertos aquela oportunidade única de ter uma obra publicada e reconhecida.

Ao seu redor, havia as pessoas que seriam seus futuros leitores. Imaginava a personalidade delas.

Algumas eram delicadas, divertidas e dotadas de vivacidade, e pareciam agradáveis quando queriam.

Outras seriam as presunçosas, que leriam outras obras sem importância, menos a dele.

Mas o comércio de livros era vasto, e alguém com certeza se interessaria em ler.

Cada um foi para um lado, e se encontrariam na porta da estação para voltar a Luxemburgo no fim do dia.

João seguiu vagarosamente para o escritório, pois o trem chegou cedo, e como estava adiantado, passou por algumas lojas, olhando as vitrines.

Quando o relógio marcava 10h, sentiu que deveria ir imediatamente para seu compromisso.

Ao passar por uma vitrine cheia de livros, imaginou-se ali, autografando suas obras em meio aos fãs.

De repente viu uma figura graciosa, cercada de crianças sentadas no chão. Ela lia histórias infantis para eles, e João parecia conhecê-la.

Olhou novamente, e escondeu-se atrás do pilar, nervoso. Era Elisa. Linda,

ali.

Fez de conta que não viu nada, e seguiu.

Mal podia acreditar naquela cena.

Seguiu para o endereço, sentindo-se estranho agora.

Ao chegar, foi recebido por Raphael e outras três pessoas, que o acolheram muito bem, apresentando o projeto do livro.

Ficaram então impressionados quando João disse que agora eram três livros.

— Agora apresentarei a primeira proposta, e em seguida leremos os demais livros, e lhe darei a resposta assim que estiver tudo pronto.

— Okay — respondeu João, atento.

Raphael propôs um certo valor para a impressão e divulgação do primeiro livro, e logo seria publicado. Os demais viriam em seguida, como uma trilogia.

João aprovou o orçamento, e saiu feliz para sacar no banco o valor correspondente ao livro.

O investimento e contrato estavam dentro do planejado, e logo aceitou, sem muitas perguntas.

Ficou muito nervoso ao entrar no banco, e queria logo sair daquela situação. Inquieto, fez a retirada do dinheiro, e saiu.

Voltou para o escritório aliviado, e assinou o contrato, pagando sua parte no livro.

Um alívio tomou conta de seu peito, e agradeceu a todos pelo apoio.

João fez uma parada para um café no meio do caminho, e um passeio no parque da cidade.

Sentou-se ali na grama mesmo, e olhando aquelas pessoas, nem se lembrava mais do velho João, que roubava por míseros trocados para sobreviver.

Agora seria um escritor publicado. Realizando seus sonhos.

Todo leitor de sua obra saberia de suas aspirações, suspiros apaixonados em suas cartas.

A tarde passou rapidamente, então partiu para a estação encontrar seu amigo e voltar para casa.

Avistou de longe, Marcos, sentado segurando um pacote embrulhado com um grande laço. Quando João chegou perto, ele sorriu, e entregou-lhe o pacote, sorridente.

— É para você, espero que goste.

Ao abrir, viu que era uma gravata nova, e abotoaduras prateadas.

— São para sua noite de autógrafos.

— Mas você nem sabe da reunião, se vou ser um escritor publicado...

— Sei sim, Raphael me ligou feliz, me contando tudo.

João abriu um grande sorriso de felicidade sem espanto, e embarcaram pra Luxemburgo.

No caminho, conversaram muito, e Marcos contou que estava bem de saúde, e lhe ajudaria muito a escrever suas poesias para futuros livros.

E João contou que tinha visto Elisa.

Dia glorioso este, com novidades.

Estaria ela casada ainda?

Com certeza seria mais um tema para sua poesia à noite.

As semanas tinham passado devagar.

E João recebia informações do editor, ansioso, como um pai aguarda o nascimento de um filho.

Enquanto isso, tinha a companhia de Marcos, seu novo amigo.

Raphael tinha lhe dito que os demais livros viriam após a publicação do primeiro que ele recebeu, e que precisava de mais algumas poesias para a finalização do segundo livro.

A impressão e divulgação já estavam sendo feitas, e, em breve, todas as livrarias famosas teriam sua obra.

A capa ainda era uma dúvida, ficou a cargo do editor escolher a melhor delas entre as que João enviou para ele, mas João confiava no trabalho de Raphael.

Enquanto esperava, ele escrevia, e alguns versos tiveram a ajuda de seu amigo, muito bonitos por sinal.

Assim começou nosso amor, impaciente.

A poesia é meu alimento em sua ausência.

Escrevo agora estes versos para que você saiba, minha querida,

que a amo.

E preciso de você.

Meu amor é puro, vigoroso, amigável. E estou convencido de que também me aceita, e me ama.

Desejo que nossa união perdure,

eternamente.

João gostaria de ter descoberto a eficácia da poesia no passado, quando namorou Elisa.

Teria sido mais romântico?

Ou a pouca idade, a inexperiência os separou?

Agora se alimentava de saudades, folheando seu livro, com a ideia de chamar pelo nome de sua paixão do passado. Elisa.

Ele sabia em seu coração, com certeza, que era impossível, ou quase, que ela chegasse a ler aquele livro que seria dedicado a ela.

Mas queria muito a ajuda do destino, para revê-la uma vez mais. Nem que fosse somente para olhar seus lindos e encantadores olhos azuis, que inspiraram João a escrever tantas poesias lindas, que fariam parte de sua trilogia de livros publicados.

O tempo diria o que viria a seguir, nessa enxurrada de novidades.

À noite, ele caminhava em seu jardim, pensando.

Quando olhou em sua porta, um visitante inusitado o aguardava. Um gatinho lindo, preto.

Seus olhos ficaram paralisados.

Por toda a vida, ouviu superstições tolas a respeito de gatos de cor preta. Que davam azar.

Mas com tantas notícias boas, não acreditaria mais em azar, e sim em muita sorte.

— Olá, amiguinho, quer entrar? Está com fome?

O pequeno ronronou, e o seguiu de maneira bem tranquila.

João abriu a geladeira, e olhou o que poderia oferecer ao seu hóspede, enquanto ele observava-o sentado. Pegou um pedaço de assado, cortou em pequenos pedaços, colocando em uma tigela. Ofereceu leite, que ele dispensou, ficando apenas com água.

— Pensei que todos os felinos gostassem de leite, pelo visto, este não! — Sorriu ele.

Permaneceram ali, olhando-se.

— Você precisa de um nome! Que tal León?

Com um olhar doce, o gatinho piscou, positivamente, ao menos para João.

— Parece que sim! Então León, seja bem-vindo a nossa casa! Sinta-se à vontade. Você será meu confidente, e o primeiro a escutar as poesias que fiz para Elisa.

León comeu, e seguiu João até o pequeno jardim, para ouvir a leitura dos rabiscos dele.

O ar estava fresco, e sentaram-se confortavelmente, aproveitando aquele silêncio.

Logo apareceu Marcos, rindo alto.

— Quer dizer que você tem visitas hoje?

— Sim, me aguardava na porta quando cheguei. Jantou, e agora me ouve na leitura da noite.

— Se tiver tentando pegar o posto de melhor amigo, chegou tarde.

— Não! — Disse João em gargalhadas. — Junte-se a nós para uma leitura!

Assim seguiu a noite, leve.

E depois da leitura, despediram-se de Marcos e seguiram os dois amigos, lado a lado para casa.

O DIA DA PUBLICAÇÃO DO LIVRO DE JOÃO, O EX-LADRÃO

CAPÍTULO 25

grande e tão aguardado dia chegou. João nem conseguiu dormir na véspera da noite de autógrafos de seu livro.

Quando abriu os olhos pela manhã, viu-se deitado em cima do seu livro, como um travesseiro.

Jamais imaginou se apegar tanto e com tanta força a algo.

Estava convencido de que viveu um sonho, e agora, ele tornou-se realidade.

Durante o dia, Marcos deixou a loja fechada, e passou o dia lendo os novos rabiscos de João. O livro de poesias estava pronto.

— Este foi rápido para escrever, confesso que ouso dizer que você estava inspirado nestas linhas — disse Marcos, muito relaxado, ao ler tantas frases cheias de amor.

— Já tinha grande parte escrito, e foi fácil terminar, pensando em como seria depois de acabar.

— Creio ter testemunhado o início de uma trajetória de sucesso de meu amigo. Desejo o melhor para mais esta sua obra-prima!

— Não me cansarei jamais de agradecer a você, meu verdadeiro culpado de todas estas lindas e maravilhosas coisa estarem acontecendo comigo. Por me abrigar aqui, em seu lar, e me oferecer este trabalho, que me oportuniza viver dias melhores, realizando meus sonhos de criança.

Um forte abraço selou a amizade naquele instante, e sorriram, felizes.

O dia passou rápido, e João ligou para a pensão para lembrar Carmem da noite que viria, e depois foi se arrumar.

Preparou-se com calma para a noite mais especial de sua vida.

Arrumou a velha mala marrom com algumas coisas para passar a noite em um hotel, já que a noite de autógrafos seria em Paris.

Iriam de carro, com Marcos e Carmem, para chegar cedo.

Agora todas as lembranças do passado estavam em seus livros, e conseguia sentir que estava preparado para começar um novo capítulo, sem fantasmas, nem dor.

Saíram cedo de casa, arrumados, cheios de pressa para passar na pensão de Carmem, que já esperava arrumada na porta.

Carregava uns biscoitos em uma trouxa de pano, para a viagem, com alguns refrescos.

— Trouxe para vocês, e estou muito feliz em poder acompanhá-los, rapazes.

— O prazer com certeza é todo nosso — Responderam abrindo com gentileza a porta para que ela entrasse.

Seguiram felizes para Paris.

Uma parada para comer os deliciosos biscoitos de Carmem, e logo chegariam ao seu destino.

Havia uma grande fila que quase dobrava o quarteirão, quando avistaram o local em que seria a grande noite. Uma grande livraria de Paris.

Muitos cumprimentos foram feitos, e apresentações. O público estava ansioso para o início dos autógrafos de João.

— Que orgulho! — Gritou Carmem.

— Você merece! — Bateu nas costas de João seu amigo Marcos.

— Com certeza não quero que esta noite acabe, meu livro vai ser um sucesso com a ajuda de Raphael. Nos próximos livros, quero caprichar mais, e agradar em dobro — Disse João eufórico.

Ao entrar, conseguiam ver as pessoas fotografando, e uma fila que levava as pessoas até uma mesa, cercada de flores e sacos de dinheiro falsos, ilustrando o livro.

Dos lados, prateleiras repletas de livros com o nome em letras grandes.

Raphael aproximou-se e mostrou o primeiro livro.

— Quero lhe entregar, com muita honra, esta sua primeira obra, parabenizando pelas outras duas que em breve sairão. As vendas já serão feitas a partir de hoje, e nesta semana o aguardo para a aprovação dos outros livros, com as capas já prontas.

— Sim, eu não tenho palavras para dizer o quanto estou feliz hoje, sendo um autor publicado!

Depois de muitas fotos com o autor, a sessão de autógrafos começou.

Com Carmem e Marcos recebendo os primeiros livros autografados, com lindas dedicatórias.

Para meu grande amigo, Marcos, toda a minha gratidão e amizade eterna, João.

Minha grande amiga Carmem, que seus biscoitos sejam sempre calorosos como nossa amizade, João.

E como as pessoas chegaram cedo, e adquiriram o livro, já tinham lido algumas páginas, e faziam perguntas a ele, que respondia prontamente, sem hesitar.

A noite seguia perfeita.

Alguns drinques foram servidos ao longo da sessão. E João deu uma pausa para andar um pouco entre seus leitores, cumprimentar e agradecer.

Saiu em direção a um arco grande, com flores brancas parecendo estrelas pequenas, perfumadas. À frente, luzes por todo um jardim imenso, rodeado de estátuas polidas, brancas. No centro, um chafariz alto. A água descia com uma tranquilidade, que ele nem ouvia mais a música e as pessoas. Era o paraíso. Respirou fundo por um tempo, e voltou ao salão.

No fim da noite, ele despediu-se de todos, e seguiu para o hotel com seus amigos.

— Que noite perfeita! — Disse João suspirando.

— Maravilhosa — Responderam seus acompanhantes.

Ao se distanciarem do local, João olhou para trás, sorrindo, satisfeito, levando nos braços seu livro.

Chegaram ao quarto, e descansaram.

De manhã, após o café, retornaram para casa.

Na porta, seu amigo León o aguardava ansioso, e com fome.

Entrou, deu-lhe comida, e contou tudo o que havia vivido na noite anterior, sem deixar escapar nenhum detalhe.

Um escritor publicado.

A emoção ainda estava fazendo com que ele ficasse arrepiado, mas continuaria trabalhando, para custear a impressão dos livros, até conseguir viver de suas obras.

Estava na televisão e nas revistas o grande João.

Raphael trabalhou bem na divulgação de seu livro, e com certeza em pouco tempo seria conhecido por seus livros.

No fim da semana seguinte, teve uma grande surpresa ao ver a capa de seus outros livros.

Um se chamaria *Elisa*, que tinha as poesias dele.

O outro, com cartas para sua mãe, seria *Cartas para Ana, minha mãe*.

Uma trilogia de sucesso, que começaria agora a fazer parte da vida de muitas pessoas.

João já pensava em um novo livro, e nem lembrava mais de seu passado, em que tirava objetos e dinheiro das pessoas.

Pensava nas amizades que fez, aprendendo a valorizar os sentimentos das pessoas.

E em sempre acreditar em um futuro melhor, vivendo e trabalhando honestamente. Uma viagem ao seu interior, seu íntimo.

Agora, depois dessa trilogia linda e inspiradora, que começaria a viver, tendo sua obra publicada, arrancaria somente suspiros dos leitores.